香港故事

小思

香港故事

OXFORD
UNIVERSITY PRESS

OXFORD
UNIVERSITY PRESS

Oxford University Press is a department of the University of Oxford.
It furthers the University's objective of excellence in research, scholarship,
and education by publishing worldwide. Oxford is a registered trade mark of
Oxford University Press in the UK and in certain other countries

Published in Hong Kong by

Oxford University Press (China) Limited
39th Floor One Kowloon, 1 Wang Yuen Street, Kowloon Bay,
Hong Kong

First edition published in 2002

香港故事

小思(盧瑋鑾)

ISBN: 978-0-19-595715-0

14 16 18 20 22 23 21 19 17 15

目錄

香港故事

行街

久違的滋味

香港故事

香港故事一

香港，一個身世十分朦朧的城市！

身世朦朧，大概來自一股歷史悲情。迴避，是忘記悲情的良方。如果我們說香港人沒有歷史感，這句話不一定包含貶斥的意思。路過宋皇台公園，看見那塊有點呆頭呆腦的方塊石，很難想像七百多年前，那大得可以站上幾個人的巨石樣子，自然更無法聯想宋朝末代小皇帝，站在那兒臨海飲泣的故事了。

香港，沒有時間回頭關注過去的身世，她只有努力朝向前方，緊緊追隨着世界大流適應急劇的新陳代謝，這是她的生命節奏。好些老香港，離開這都市一段短時期，再回來，往往會站在原來熟悉的街頭無所適從，有時還得像個異鄉人一般向人問路，因為還算不上舊的樓房已被拆掉，甚麼後現代主義的建築及高架天橋全現在眼前，一切景物變得如此陌生新鮮。

身為土生土長的香港人，我常常想總結一下香港人的個性和特色，以便向遠方友人介紹，可是，做起來原本並不容易，也許是她的多變，也許是每當仔細想起她，我就會陷入濃烈的感情魔網中⋯⋯愛恨很不分明。只要提起我童年生命背景的灣仔，就可說明這種愛恨交纏的境況。

說灣仔是一個與海爭地的舊區，並不過份，因她大部份土地都是從海奪過來的，老街坊站在軒尼詩道上，就會咀嚼着滄海桑田的滋味。當初在填海土地上建成的房子已經殘舊，給人一幢一幢拆掉，代替的是更高更遮天的大廈。偶然一座不知何故可以苟延殘喘夾在新廈中間的舊樓，寒傖得叫人淒酸。有時，我寧願它也趕快被拆掉，可是，又會慶幸它的存在，正好牽繫着我的童年回憶。洛克道、謝菲道，曾經是有名的煙花之地，自從那蘇絲黃故事出現之後，灣仔這個名字，在許多外國浪子心中，引起無數蠱惑聯想。每逢維多利亞港口停泊着外國艦隻時，我就很怕人家提起灣仔。我曾經厭惡自己生長在這個老區，但別人說她的不是，我又會非常生氣，甚至不顧一切為她辯護。在回憶裏，儘管是尋常街巷，都帶溫馨。現在，灣仔已經面目全新了，新型的酒店商廈，給予她另一種華麗生命。我本該為她高興才對，但隨着她容貌個性的變易，彷彿連我的童年記憶也逐漸褪色，灣仔已經變得一切與我無干了。

文化，是一座城市的個性所在。香港的個性呢？有人說她中西交匯，有人說她是個沙漠。是豐腴多彩？還是乾枯苦澀？應該如何描繪她？可惜，從來沒有一個心思細密的丹青妙手，為她逼真造像。文化沙漠，倒是人人叫得響亮，一叫幾十年，好像理所當然似的，也沒有人認真地查根究柢。難道幾百萬人就活在一片荒漠上麼？多少年來，南來北往的過客，雖然未嘗以此為家，畢竟留下許多開墾的痕跡，假如她到如今還是荒蕪，那又該由誰來負責呢？這樣說罷，香港的文化個性也很朦朧，不同文化背景的人為她添上一草一木，結果形成奇異園地。西方人來，想從她身上找尋東方特質，中國人來，又稍嫌她洋化，我們自己呢？一時說不清，只好順水推舟，昂起頭來接受了「中西文化交流中心」的稱譽，又逆來順受人云亦云的承認了「文化沙漠」的惡名。只求生存，一切不在乎，香港就這樣成為許多人矚目的城市了。

不知不覺，無聲歲月流逝。驀然，我們這一代人發現，自己的生命與香港的生命，變得難解難分。離她而去的，在異地風霜裏，就不禁惦念着這地方曾有的護蔭。而留下來的，也不得不從頭細看這撫我育我的土地；於是，一切都變得很在乎。但，沒有時間回頭關注過去的身世了，前面還有漫漫長路要走。

遠方朋友到香港來，我總喜歡帶他們到太平山頂看香港夜景。不是為了旅遊廣告的宣傳：「億萬金元巨製的堂堂燈火」，而是——

乘纜車上山，我們不能不注意那種特殊感覺。車子自山下啟程，人坐在車廂裏，背靠着椅子，必須回過頭來看山下的景物。在一種要把人往下吸拉的力度中，就看見沿途的建築物都傾斜了，儘管我們不自覺地調校了坐姿，把視線與建築物平行起來，但其實我們是用傾斜角度看山下一切。到了終站，當滿城燈火在我們腳下時，我往往保持沉默。可以用甚麼語言來描述香港呢？倒不如就讓在黑夜中顯得十分璀燦的人間燈火去説明好了。説實話，我也正沉醉在過客的嘖嘖稱奇中。

香港的夜景風光，最為耐人尋味。層層疊疊深深淺淺的閃爍，演成無盡的層次感。我總愛半眯着眼睛看山上山下的燈光，就如一幅迷錦亂繡。正因看不真切，那才迷人。過客也不必深究，這場燈火景致，永留心中，那就足夠記住香港了。

我常對朋友説，香港既是一個朦朧之城，生長其中的人，自當也具備這種朦朧個性。香港人不容易讓人理解，因為我們自己也無法説得清楚。生於斯長於斯，血脈相連着，我們已經與香港訂下一種愛恨交纏的關係。對於她，我們有時很驕傲，有時很自卑，這矛盾纏成不解之結，就是遠遠離她而去的人，還會時在心頭。

傾城之戀，朦朧而纏綿，這是香港與香港人的故事。

一九九二年

一夢

病帶朦朧，夜來多夢。

人家說夢是恍恍惚惚，我的夢卻玲玲瓏瓏。

跌跌撞撞，我給人群推擠上了一艘軍艦，不太大，我站在甲板上，可以看見船頭船尾都堆滿了人。找不到一個熟悉的面孔，心慌得很，不禁高聲呼叫：等一等，還有人沒上來！喂！……軍艦已經離岸，來不及了。我緊握船欄，舉目一看，船已在維多利亞港海中，正面對灣仔——不是今天的灣仔，全是童年所見風光，我看六國飯店、敦梅學校、岸邊的垃圾碼頭、運棺材碼頭、加列島，沒有高樓大廈遮擋，我連半山上的姻緣石都看得見。突然——

救命呀！轟炸灣仔了！船上人齊聲大叫。只見從岸邊到山上，一層一疊火幕，火中閃閃，卻顯出會議展覽中心、華潤大廈、新鴻基中心、合和中心……蓋地而來，滿天通紅。「冇咯、冇咯，灣仔冇咗咯……」

身旁一個人不斷地嘶叫，我轉過頭去看他，他也轉過頭來看我，我從他臉上，竟看到自己給火光映得發亮的紅臉。四周的人都在呼叫，都用手指指向在火幕中的灣仔，「嘩！嘩！」叫聲真像在看一朵奇異花樣的煙花升空爆破。

這時候，我感到雙手很痛很冷，低下頭來，原來握揑船欄的手也脹紅了。海風吹得緊，軍艦已全速前進，灣仔冉冉在火光中變得模糊。怎麼辦？我認識的人都在岸上。我沒帶上一件厚衣服，我很冷，我的手好痛，……心情平靜得出奇，我只牽掛着我冷我痛，竟然忘記了灣仔在火中的事。我好冷，我好痛，我好冷……「唔好嘈！大喊十！自己搵樽保心安油搽吓唔係得囉！」甚麼？哎呀！我忘了帶保心安油，怎麼辦？怎麼辦？……就在此刻，我像從沒睡過似的醒過來了！

此乃其中一夢！

一九九一年十二月十七日

香港故事 二

去香港博物館，為了看「香港故事」。

心理上，並沒有甚麼要求：懷舊呢？追尋一頁頁曾被人刻意遺忘的香港身世呢？溫習一絲一滴似已淡忘的童年記憶呢？還是去查核一個快離去的政府向市民交代的統治賬項？購票進館，這一回，首先證明了在香港免費參觀博物館的時代已告結束，歷史又翻一頁。

小孩子在展品前跑跑跳跳，大人偶然在一件展品前稍稍駐足，幾個學生細心看了解說文字，然後問：「這是甚麼意思？」——一切隨着腳步過去，人們就踏進那條歷史街道了。

甚麼年代的香港庶民生活？大概二十、三十、四十年代罷！一切隱隱約約，朦朦朧朧，總而言之，擺在眼前的，都是早已消失的東西。幽暗燈光下，傳來陣陣似遠還近的人聲，閒話家常、叫賣聲……彷彿歷史幽靈在浮動。走近門窗探首去看，都是似舊還新、半真半假的擺設，巧妙處也就在此，沒有人敢説：不夠真實。誠濟堂，是這條街的精華所在。那家本來座落皇后大道中的老店，未拆之前，在現代化繁囂中區，已叫人另眼相看。它那傳統大藥鋪的氣派，絕不是已經有點洋化的余仁生可追得及。童年的我，常跟母親去「執藥」，抬頭看着高懸的牌匾，黑墨墨的木雕花欄和層層藥櫃，總覺它很神秘。濃濃不散的藥味，偶爾傳來舂藥杵敲臼的金屬聲響，構成一幅聲色味俱全的圖畫。如今，它已成歷史。我坐在人氣磨滑了的楠木椅上，靜聽它最後一代老闆的聲音，平實地交代它的光榮事跡，香港故事，才有點真切的感覺。

走出歷史一街，我們看到極度簡化的三年零八個月、五十、六十、七十、八十年代的香港身世斷片，閃閃閃，我看完了香港的故事。也許，香港故事，本來就是這個樣子。

一九九一年十二月二十七日

市聲

不知道有沒有人與我同感，「香港故事」展覽中，最大的破綻乃來自那些隱約而似遠還近的人聲。

仔細聽聽那些閒話家常的用詞，茶樓叫賣點心的腔調，就會覺得沒有歷史的味道。一個年代有一個年代人慣用的詞彙與腔調，假不得，也留不住。驀然回首，我們會發現有些從前人口中常說的詞彙，現在已蕩然無存，連老人家也無意間隨着潮流，洗去年輕時的口頭禪。可惜，從前留聲科技未發達，沒法保留那些口頭文化的面貌。我們只有跟某些老人交談時，偶然發現早已在記憶以外的詞彙，才明白時代的沖刷能力。

家常話，也許家家不同，茶樓賣點心的叫聲，倒是常去茶樓的人夢寐難忘的。且小心聆聽那茶樓傳來的叫賣聲，短促又沒神沒氣，一點牽惹不起舊時食客的情意。往日茶樓點心花款不多，叉燒包、雞球大包、蝦餃、燒賣卻不可缺，賣點心的阿伯阿哥，捧着大蒸籠，運足中氣，各有高低抑揚腔調，我現在還記得第一樓和得雲兩店叫賣叉燒包的聲音。

市聲是最令人難忘的，但它們又一去不返。當年陳韻文、許鞍華拍電影，為了找人叫賣衣裳竹和裏蒸糭，費盡氣力，還未滿意，因為許多人不會忘記童年聽過：長夏午後衣—裳—竹，寒冬夜裏裏—蒸—糭的市聲。特別是深夜街頭的賣糭聲，蒼涼寂寞又冒着白煙的溫暖感，一生難忘，摹仿者偶一不像，都難逃記憶檢查系統。從前曾在日本京都參觀過「舊都市聲演出」，據說都禮聘八九十歲老人作指導，其中更有親自演出。看見台下老人欣喜表情，總可相信那些聲音一定逼真得很。

香港故事，竟然欠缺真切聲音，倒不如無聲了。

一九九一年十二月二十八日

忠靈塔

我十分明白，博物館不等如歷史教科書，不能樁樁件件歷史都詳細道來，但說明文字過份簡單，說了白說，就失去陳列品的意義。「香港故事」中的「三年零八個月」時期，牆上懸着一幅手繪彩圖，說明文字只有「忠靈塔」三字，相信四十歲以下的香港人，大都不會知道那是甚麼東西，漫不經心的人可能連那圖片也錯過了。

忠靈塔，是香港淪陷三年零八個月的恥辱標記，不少香港人為它賠上生命。這座建在金馬倫山上的奇怪建築物，一直深刻留在我的記憶裏——童年的我，住在灣仔，每天抬起頭來，就看見它，從一九四三年十二月它興建，到 一九四七年二月它倒塌，我整整對了它三年零兩個月。到現在我還記得清楚一九四七年二月二十六日下午四時卅分，震天巨響後，塵土飛揚中，它塌下的姿勢，當然我更記起為建它而犧牲的人。

日本人佔領香港後，整個「大東亞戰圈」的南方局勢已定，為了收葬戰死日軍遺骨，決定在香港興建骨灰藏所，作為「聖戰紀念」。選定地點是港島中部金馬倫山頂——在中央，人人抬頭可「瞻仰」。建築費香港人捐，石材也就地取採：現在帆船酒店與鄧肇堅醫院一帶是個石山，徵用大批壯丁趕工開採了大石塊，運上山去應用。匆匆建造這座骨灰所——忠靈塔，為了安慰無數日本亡魂。可是，無辜的香港壯丁就給拉去鑿石運石，死傷的不計其數。鄰居有個大孩子，十六七歲，平日總愛逗我玩，我叫他昌哥昌哥。他給我摺紙船紙飛機，是寂寞童年珍貴的玩具。忽然好幾天不見了他，鄰家傳來哭聲，母親説昌哥給大石壓死了，那是為了建忠靈塔。要找忠靈塔資料不困難，只要翻閱一九四七年二月二十六、二十七日報紙就可以了。《星島日報》記者鍾埜裕更拍攝了它炸毀前後的連環圖片。它既是「香港故事」的一頁，補寫説明，是應該的。

一九九二年一月十三日

前事後師

看「三年零八個月」的電視紀錄片，除了部份常見攻略戰片段和入城式紀錄外，最令我感興趣的是訪問新界曾經抗日的老人家、當年保衛香港的退伍軍人。可惜，時間所限，又或者不慣面對鏡頭，他們都説得太簡略，年輕一輩恐怕無法通過敘述，理解那一段悲慘香港歷史，更不會明白在日軍治下的香港人怎樣捱過三年零八個月黑暗日子。

香港人許多仍難忘那種死裏求生的經歷，寫成文字的也不少，最近出版的一本是謝永光寫的《戰時日軍在香港暴行》。這書作者參考了很多文獻，掌握資料很充足，較能全面地反映三年零八個月的恐怖面貌。

除了回憶文字外，我認為有些第一手資料也不應錯過，可是許多研究者都沒有採用，那就是香港戰罪法庭的紀錄。日本投降後，一九四六年一月，香港就設立了特別法庭，專門審判戰犯。每一審訊，都有許多倖存者上庭作供，每天報上刊出的口供，真叫人毛骨悚然。受害者一字一淚，戰犯表情麻木，甚至一一抗辯，都真實描繪了戰亂期間慘狀。我們讀到第一號戰犯日本憲兵隊長野間賢之助的暴行、攻略香港的田中良少將的殘忍，軍國主義的嘴臉行為無所遁形。

我們重溫歷史，不是為了記恨，而是不想歷史重演。看「偷襲珍珠港」的日本人，五十年後，面對鏡頭，說起當年事仍眉飛色舞的樣子，想到日本資金大量投資香港、想到日本天皇會親訪中國、日本企業家已領導亞太區經濟雄視世界，……忽然覺得那是「大東亞共榮圈」的幽靈借屍還魂，而我們的下一代卻一無所知，就不禁惴惴不安。

有無數的重大事情要我們往前看，但對前事毫無認識，也不是辦法，「前事不忘，後事之師」這句老話，還是有道理的。

一九九二年一月十四日

淒涼感覺

聽李天命演講，他說到一樁自身經歷：童年見過乞丐在他家門前，用開水淘冷飯，吃得雪雪有聲，從此，想起獨自吃飯，把飯扒進嘴裏，就有很淒涼感覺。

我當下一喜一驚！

我也有一樁童年記憶，跟吃飯有關。那種感覺，一直纏繞着我，幾十年扔不掉。從來不敢向人提起，還以為只是個人的怪病。如今知道，別人同樣會給某種感覺纏住不放，當下一喜。

香港淪陷，米糧不足，我每天只得半飽。有一天，我到父親工作地方去——他在一間酒莊門外擺小攤，代人寫信。正逢酒莊夥計吃午飯，酒莊做日本人生意，米糧來源充足，只見夥計擎起多角大碗，盛滿熱騰騰米飯，人人用力扒進口裏。白煙裊裊，彷彿我也嗅到飯的香味。從此，每當我路過店鋪，遇到夥計圍着桌子吃飯，又見他們扒飯進口裏，我就自然嗅到飯香——很甘甜的香，無論離得多遠，都可感到，立刻就會滿心淒涼。

幾十年來，生活尚算豐足，自己盛飯吃飯，從沒有覺得飯香，也不明白為甚麼看見別人吃飯會感到淒涼。現在一想，才知道童年的生活匱乏，那種飢餓感覺，竟然潛藏心底，歷久不散，當下也就一驚。

儘管淒涼感覺不好受，但那股記憶中的飯香，卻遠遠比真實的飯香惹人好感。有時路經中式老式店鋪，看見人家「用膳時間」牌子掛起，我總會徘徊一下。

如果這是心理補償，又未必說得過去，因為依補償之理，我應該大口大口吃飯，而不應重溫淒涼感覺。大概也只有這感覺，提醒我記住：我們一輩怎樣艱難活過來，今天豐足，自當珍惜。

一九九二年三月十一日

不認同

六十年代，對年輕一輩來說，已經很遙遠了。

四十歲的母親跟二十歲的兒女去看展覽，想想母親當年只不過十來歲，對着展品，指指點點，也說不上甚麼道理來。

少女指着白綢底長衫，「這件衫，咁少布，好暴露嚕！」旁邊的母親居然沒法子解釋那不是件穿在外邊的衣服。蘇絲黃？唔識。酒吧？冇去過。哦！斑馬佬、平安小姐，我記得嘞。啤，公仔畫得咁肉酸，唔好睇嘅。兩代人的對話，變成會場的旁白，我覺得好像一場諷刺劇。

學生問：老師，老鼠箱，有甚麼用？

我作當場講解：當年香港舊樓多，衛生設備不好，老鼠多。居民捉了老鼠、貓玩死了老鼠，不能亂扔——岔開一筆，講講一八九四年的上環鼠疫，洗太平地。政府為了公共衛生，街頭街尾，電燈柱上掛老鼠箱——岔開又一筆，講講電燈柱掛老鼠箱，比喻一高一矮男女拍拖。好讓市民把死老鼠扔進去，裏面盛了消毒藥水之類，可以殺菌。衛生局派老鼠王按時收取鼠屍，確保安全。現在沒有老鼠箱，老鼠扔到那裏去？我試探地發問。我家沒有老鼠。舊區或者有，可以叫市政事務署派人來落老鼠藥，他們自然會清理。幸福的一代，他們沒有我小時候的經驗：咬緊牙關，用火鉗夾着死老鼠，跟着母親去扔老鼠。

那是一段艱難歲月。他們還不會曉得四天供水一次，輪水挑水的苦況。樓下門水喉的呼叫聲，曾是都市困境的主題曲。天台學校裏，小學生日曬雨淋——那時候沒有因「壓力」而跳樓的學生。銀行擠提、暴動炸彈……一段艱難歲月，六十年代，對我來說。

六十年代，對青少年來說，陌生而遙遠，能有甚麼認同反應呢？

一九九四年十一月三十日

披頭士的啟示

原來，三十年就這樣過去了。

一九六四年六月，披頭士來港，果然引起了轟動。在他們之前，香港西洋流行曲迷還迷上皮禮士利、白潘等等，但不是樂迷的人討論得最多的是披頭士。

教師家長忽然如臨大敵。也許，那個時候，他們還沒有給香港人好印象，因為不知道誰給他們改了個中文名：狂人樂隊。狂人？「影響青年人走向瘋狂道路、放肆道路。……」「我認為不應讓狂人樂隊之類在香港演出。香港風氣已經這麼壞，阿飛已經這麼多，難道還要提倡這種瘋狂的東西，製造更多阿飛嗎？」——當年《中國學生周報》就做了一個「狂人問題專號」，訪問了著名中學校長，以上是很典型的反對聲音。

但年輕一輩，卻沒有反感。披頭，只是個頭髮稍長，卻修剪得齊整、蓋着前額的ＢＢ裝而已。《昨日》、《一夜狂歡》、《救命》，也不是亂喊亂唱，很好聽。香港少女又未見得像西方人般大叫大跳。當年還年青的我們，的確不明白長輩為甚麼要反對。

今天，再看他們的紀錄片，仍然覺得他們乾乾淨淨，保羅最孩子氣。回憶當年，他們說得好：幾年的巡迴演出，只來回在酒店房間、汽車中。在台上，眼看瘋狂的是台下人群，自己最冷靜。對觀眾大吵大叫，不是來聽歌，很不高興，但慢慢也麻木了。

不知道當年的台下歌迷，聽了這番剖白怎麼想。也不知道當今的偶像級歌星有沒有同感，對歌迷有沒有啟示？

一切流行的東西，其實都是一種遊戲，留給人們一點點回憶而已。時間過去，它也會過去，人的生命裏還有許多支點在平衡，長輩雖然好意，但也不必太緊張去阻止，做好其他支點，順其自然，人就這樣從一種種遊戲中成長了。

一九九五年十二月五日

白鸚鵡傳奇

早上、黃昏，牠們都會群飛群棲在樹枝、大廈天台電視天線架上，呱呱呱的對話，呼喚還沒歸隊的同伴。

牠們，只有七、八隻，全白的鸚鵡。

一個月，總有一兩天早上，牠們會選中城西公園一棵大樹，一口一口把粗如手指般的枝杈咬斷，弄得枝葉滿徑皆是。最初，我路過，還以為誰在破壞公物，又或那個園丁粗心，沒收拾好剪下的廢枝。一次，一大把枝葉剛從上掉下來，幾乎打着了我，抬頭看，才發現牠們正在「努力」，咬呀咬個不停。從此，我就注意牠們了。

原來，牠們的身世，關連着一個傾城的故事。

故老相傳，牠們的行蹤，上不過干德道，下不過般咸道，東最遠到英華女校，西不出香港大學陸佑堂附近。

白鸚鵡，應該養在人家樓頭的鐵架上，怎會在外邊東闖西飛？

牠們的祖先，不知道上溯幾代了，本來也給人家養着的，就在旭和道附近。

一九四一年，日本炮火轟到香港半山，三年零八個月淪陷歲月開始，牠們的主人也隨着傾城而不知所蹤了。戰火流離，牠們像人類一樣，從安穩的家飛出來，從此就在港島西區半山，過着風塵日子，一代傳一代，七八隻天天呱呱呱的飛來飛去。

據説，鸚鵡能言，不知道牠們祖先有沒有教曉甚麼語言？傳下怎麼樣的一個城市傳奇？可惜，我不是公冶長，沒法子跟牠們對話，否則，一定可以聽到傾城的故事。

牠們又在城西公園一棵樹上，咬下一大把樹枝了。這棵樹，與牠們有甚麼關係？與傾城有關麼？

我抬頭看牠們，牠們飛走了。

一九九四年三月二十五日

行街

春秧街

春秧街，這樣裸露着，這樣陌生，我完全忘記了，這才是它原來的面貌。

經過多少歲月，它由一條街，一條電車路，變成一個菜市場，一個有車輛駛入的行人專用區？

乾貨濕貨的攤子立在兩旁，固定攤檔外，還加臨時小攤，強橫霸道，中間的電車軌常常給人遺忘了。微妙的地方就在這裏，這不是個法定行人專用區，但私家車絕少駛進來，送貨的貨車偶然進來，電車卻按時按班駛進來。龐然的電車，幾乎逐寸向前挪移，買菜的男男女女，老老幼幼，「感覺」電車駛近，就把身子一側，僅可容寸，電車自他們背後緩緩——緩緩的路過，一切如此相安無事，遂成春秧街的一種風光。

說乾濕貨攤子分立兩旁，也不十分準確，真正的濕貨——水汪汪的魚攤，設在街的快盡頭，電車轉彎快到北角總站附近。魚攤多在晚市時份擺設。大鯇魚給刀切分半，仍偶然掙扎暴跳，甚麼不知名的魚，也作最後喘躍，嗟嗟濺得買者一身一臉，退後一步，踩着後邊看者一腳，哎吔！好新鮮。沒有說對不起，又沒有誰生氣，那是魚的問題。

至於沿街那一檔雞蛋比另一檔的雞蛋會好些，同是賣蔬菜的，甲老闆娘比乙老闆娘更愛罵人，街頭生果檔價錢較老實，那一攤是福建小食專門，甚至阿丙水果攤上養着的幾隻彩鳳吵得很——春秧街老主顧都心裏有數。

一九九三年三月一日開始，各式攤子要遷到附近新建好的多層街市去了。春秧街回復了一條街、一條電車路的樣貌。幾個拎着菜籃小車的主婦，依然慣性地在街中央走着，有點若有所失的神情。

風光過後，一切變成記憶。

一九九三年三月十八日

北角

英皇道三六八號，一幢五層建築物，孤零零仍在那裏，彷彿是小上海最後一口喘氣。

老街坊知道它的歷史，它和左右一排房屋，連同馬路對面的樓宇，五十年代初建成的時候，構成了小上海的風光場面，叫保守小儉的香港本地人，大開眼界。

由皇都戲院到北角電車總站一段英皇道，五十年代初，由平地一片，忽然矗立了一群新樓。現在皇都戲院與北角道之間，建起一個大遊樂場——月園，巨大的摩天輪轉又轉，離得遠遠都看得見。

上海人帶着家財來到蕞爾小島上，買地蓋房子，把一切生活習慣都帶來了。忘了在那間叫「三六九」還是叫「四五六」的上海館子，點了餛飩和排骨麵，結果來了兩大海碗，食量不大、吃慣小碗雲吞麵的土包子嚇得面無人色。月園的壁上飛車、蚤子表演拉車，哈哈鏡與迷宮，成了本地孩子最嚮往的神話。

小學三年級，班裏來了個新同學，梳兩條小辮子，整天不開口，一開口說阿拉儂，老師總不叫她背書答題，我們好羨慕。我最熱心教她講廣東話，她請我回家吃上海炒年糕，從未吃過這樣黏這樣熱的東西，往嘴裏一放，黏住上顎，痛得呱呱叫。到今天，我還記得她請我吃年糕，她還記得我教她廣東話。

成年人世界好像沒有那麼和諧，小孩子並不知情，但偶然也聽懂一兩句閒話。

上海佬上海婆好惡死！

上海話難聽到死！

上海佬炒貴晒地皮，搶貴晒嫲姐……

海派到死！

本地人偶爾踏足北角，總有點酸溜溜，小上海，是南來新貴的地頭。

北角由一塊濱海荒地，搖身一變富貴之區，新建樓宇，比起灣仔舊區，是光鮮得多，有些住在這裏的人，財粗氣大，本地人看不慣，「海派」成為貶詞。同學的爸媽，對着堡壘街的新家，老是搖頭歎息，「從前我們在上海呀……」就是憶當年風光的開篇。

小孩子只覺同學家又光又大，在那裏第一次看見冰箱，第一次坐梳化椅，海派，大概就是這個樣子吧？沒有貶義不貶義。

成人世界的爭拗一定不少，粵語片裏，語言不通，成為笑話主要題材，當然少不了挖苦一下：報紙變包子、窩打老道變我打老豆、上海佬碰釘子。國語片裏尤光照頂住個大肚皮，成為我們印象中的上海佬典型標記。這些爭執，一直要到六十年代初期，才顯出一些融和跡象。忘不了梁醒波、尤光照兩個胖子，一南一北，在電影《南北和》中的鬥氣方言和片段。現在細想當年，南來人和原住民都經歷了艱難的相處日子。

等到廉租屋村蓋起來，本地人、福建人搬到北角，本地人口中的上海佬又不知道甚麼時候搬出北角，他們住過的房子拆了重建更高更大的大廈……無聲地北角在蛻變，日換星移。

真差點忘記了北角叫做小上海，有一天，誰衝着我說：「哦！原來你住在小福建。」我才猛然想起：那小上海呢？傾耳細聽，果然福州話響得很。

跑到街頭，只認得孤零的三六八號一幢樓，月園縮成短小的月園街，青年一輩如何憑此設想小上海風情？

彈指四十多年，北角，盛載着許多外來人的步履，走了一程又一程，本地人，也看盡風流。

一九九三年三月二十三—二十四日

看銅獅去

眾人上班辦公時刻，我走到中環匯豐銀行總行門前。

門前？哪裏算是門？舊日的三道銅門，我記得清楚。但甚麼後現代主義，一時弄不懂，只知道新的建築，活像一所未完成的工廠，裸露着冰冷的死硬的身軀。沒有門，視線自德輔道穿透到了皇后大道中，電動梯橫切了大堂中間，大堂？那不該算作大堂，乘電動梯上去一層，才算正式的銀行辦公大堂。乘？是企。是站。

忽然，我竟發現許多舊日慣用的概念、詞彙都變得不正確。有門沒門、大堂、是乘是企……迷糊迷糊，我只好笑。

我是有意特地走到中環匯豐銀行去的，為的是看那對銅獅子。活在香港幾十年，原來從沒有細細看過那對獅子。去看，去撫摩一下，去查看雕塑家的英文名字。

不是吳冠中在文章裏提到，我並不知道那對銅獅是國立杭州藝專的外籍教授魏達所作，遠在一九三五年，林風眠當校長的時代。果然，W. W. WAGSTAFF的簽名，深深刻在銅座上。

威武張開了大口的一隻，竟然負了那麼多傷痕，一個個洞，裂得深深的。甚麼時候受的傷？五十年的歲月，牠開了口，卻沒說話。

我繞着獅子走幾圈，一個大概在等人的人瞪着我，又不像遊客，這個人要看甚麼？一個土生土長的香港人，第一次細看那已經在那裏幾十年的獅子，先生，你明白嗎？

他當然不會明白。

我摸摸牠的指爪，尾巴。有些已給人摸得發亮、黃澄澄。

哦，原來我連銀行的名字也說不全，它叫：香港上海匯豐銀行。

一九九四年一月十九日

大街風情

車塵起伏，我走過香港大街。

追念着一幢幢舊建築物的原來模樣，眼睛很不適應、腦袋很不適應、感情很不適應、記憶很不適應。……

思豪酒店、中環郵政總局、香港大酒店、連卡佛大廈……突變為亞歷山大廈、環球大廈、置地廣場……。一代有一代的面貌，一代有一代的名字。

可是，不必等一代，鏡頭快速跳接：渣甸變怡和、怡和變會德豐、會德豐變隆豐，隆豐變回會德豐。奔達變利普，樂康變和記，同一座大廈，換一次主人，名字轉一次，商貿節拍，沒有留戀，沒有回憶，一切向前狂奔，這叫做進步？也許是，應該是。

台北，情況跟香港差不多，但她有一群對她懷着深深思念的專業者，對一個行將面目全非的城市，用一種專業卻情深的方法，紀錄了變化過程。這群人選定三條風格迥異的大街，認真地捕捉它們的時空變化，既有觀察，也有體驗，有資料，有感情。然後用最體貼又不枯燥的文字，用最適當的圖片，出版了一本書。他們說「我深愛台北，可以為她哭泣，也可以為她歡笑，很希望有更多人一起來愛這座城市、懂得去欣賞她、閱讀她。」

愛一座城市，從愛一條街開始。他們融入感情地去細細讀一條街。

聽說香港正也有一群人着手做類似的工作，我等待着。

坊間常見許多掌故式的、懷舊傳說式的香港舊貌紀錄小書，可是執筆的人，往往既欠專業，又缺乏對香港的深情，筆下不是呆滯就是輕佻，令人讀來很不是味道。

台北有幸，有一群有才有理有情的讀者，細認她的風情。

一九九四年四月一日

別矣紅磚

再建紅磚！再見紅磚！

彩旗還在飄揚，來不及卸下，禮拜堂四周已架了圍板，再見？是永別了，再建，已經不會舊時模樣了。

作為灣仔地域的地誌——紅磚建成的循道禮拜堂，終於要拆卸，老街坊如我，難免淒然，不知何故的淒然。

也許，它夠老，也許，它那既中既西的建築形體夠罕見。也許都不是。

灣仔，由兩座尖型建築物，把軒尼詩道、莊士敦道分隔開來。東邊是德士古油站，西邊就是這座紅磚中式禮拜堂。小時候，難得一次到中環去，乘電車回家，到了大佛口，看見紅磚教堂，可安了心，因為再過三個電車站，英京酒家、東方戲院在望，就快到家。不覺把它當成灣仔與荒涼的中環邊緣的地界，已經成了習慣。

一九八七年夏天，老詩人鷗外鷗老作家李育中，闊別香江五十多年後重來，面對本來熟悉的灣仔，無法辨認，顯得惘然。我就帶他們走到紅磚禮拜堂前，他們那如見故人的雀躍，至今難忘。它證實了重來非夢，老人家久歷滄桑，劫後歸來，它是一種實體證明，是一種物證。

幾十年在它身邊走過，可從沒有進去看看，不是教徒，不好平白打擾。那天，路過時，正好教堂辦個甚麼紀念會或告別儀式，辦事人忙於掛上彩帶之類，我在門外探頭張望，就是不好意思走進大堂去。現在想起來，未免有點後悔，這一錯失，以後便不再了。

也罷，反正，它存在我心中的，就只是外貌，矗立不動的紅磚身軀。記住它，記住灣仔地界。別矣，紅磚。

一九九四年八月二十六日

行街

組畫之一

中環上環，仍然有許多有趣的街景。

沿荷里活道向西走，專為西人而設的東方風采，專為香港人而設半西半中的品味，混和在一條街上，中西文化交流變得如此具體，不必搬許多學術名詞，往那裏走走，可讀完一篇文化論文。

新建築物特有的油漆灰水味還沒散去，添福，說有多俗氣就多俗氣的大廈名字。不，多中國就有多中國的農村身世。

由三樓走下來，已經看完極富泰、豪華、雅致的紙張，一樓是個藝廊，劉掬色版畫在那兒展出。柯式印刷機、彩色影印機、拼貼……對我來說是陌生的畫具和技法。寂靜的畫廊，「窗外香港」的燈光，忽然閃亂我的心神，遙遠、模糊、錯綜點染如在夢中，我幾乎忘了看窗內的世界。燈光竟成一種羈絆，微弱卻深厚。然後，「六月裏的一個早晨」，另一段時空，我故意把視線迅速移開，卻又不忍地再深深注視，凌亂如幽靈的影象，畫家彷彿也有點煩躁，畫面上透露了粗暴的痕跡。冷靜的牆壁上，掛着熱切的顏色。我沿梯而下，西方的懷舊迎上來。蹲下去看一個桃木小櫃，小抽屜最好盛載小小中國白玉飾件。我拉開抽屜，又關上了，坐在寫字桌前的人抬頭說：隨便看看。

隨便看看，隔壁就是卑利街。

街邊老婦攤開一地舊衣服、雜物，五元兩件，她對我說。宏昌醬園的冬菇蝦米髮菜腐竹霸佔了整段行人路。久違的酸筍味吸引着我，那種酸鹹得很曖昧的氣味，很熟悉，酸筍蒸魚雲，只有母親和我吃。

百子里、三家里、士他花利街、威靈頓街，足下香港，敲出獨特的城市音符。

一九九四年十月二十四日

行街

組畫之二

攝錄機那麼方便，我也買了一具，但行街的時候，總忘記帶在身邊——也沒有理由，天天帶住一個小機器，滿街走。帶着，也後悔有點遲了，有些街景已經消失，我永遠如此後悔。

沒有拍下利舞台、沒有拍下灣仔循道禮拜堂。那天，我正在想灣仔洛克道的四層高連走馬大騎樓的舊樓，只剩下了舊日風光極度的巴喇沙那一幢了，該拍下來。走馬大騎樓？怎麼走馬？一時間難對青年人說得明白。想都沒想完，它就拆了。

灣仔還有幢四層高唐樓，是間當鋪、掛着大押字樣。進門一塊大木板，紅色押字擋住街外人的視線。也遮住高高在上、有鐵欄柵的櫃台。我沒進去過，只在粵語長片中看過，廣東人叫進當鋪做「舉嘢」，把要當的東西高高舉起來給朝奉定價。小時候，常常擔心，萬一要去「舉嘢」，自己生得矮，怎樣才可以把東西遞上去。有一次忍不住把這憂慮告訴母親，她瞪着眼：「癲嘅，好諗唔諗。」

這幢當鋪要拍下來。

深水埗幾家阿伯坐鋪面的小金鋪，轉眼就會消失，新填地街大桶涼茶鋪也保不久了。我不買金飾，不飲涼茶，忽然，發現潮流興買金，是站着看站着買，沒有阿娘阿婆坐上半天磨價的風景。涼茶鋪燈火輝煌，牛奶木瓜、芒果西米撈，涼茶變成配角，但也不便宜。偶爾一家，兩個大銅壺，擦得閃閃生光，過於張揚，已非昔日貧下階層放下一毛子，就可解暑治病的樸素。

小金鋪小涼茶鋪要拍下來。

「上海灘」，扮古老的店面和櫥窗，很可笑。灣仔洛克道曾有過一間沒有門的裁縫鋪，大裁床一張，鋪着發黃白布，裁縫佬穿白笠衫，軟尺搭在頸後，一切順其自然。

沒有拍下來，只好腦中重播。

一九九四年十月二十五日

老榕移居

在跑馬地舊體育路上，有兩株老榕樹，樹齡超過百年，看過火燒馬棚，看過幾代鋪草皮的人步履，財散財聚。

它們正在艱難移居！

植物學家說榕樹生命力強，氣根如美髯，着地的根頑強向四周伸展，咬緊泥土不放。婆娑，是它們姿態最適合的形容詞。

為了改建道路，它們要讓路。據說經過園藝公司的專家設計，把它們移往三十米外的黃泥涌道上。

它們生活了百多年，根部在地下縱橫跨過多少面積，誰能準確估計？專家說連樹帶泥，每株榕樹重一百公噸，要移動它們得用特殊方法拖扯。拖扯一株老榕樹？一個很難聯想的景象！

還沒有移居前，它們早已給「修理」過：把伸開的枝幹修短，看來有點呆頭呆腦。設想如何連根拔起，真為它們擔心。昨天，它們開始了沉重的移居，要三天才可走完三十米的路，這是一段極艱難的路，它們能不能在新地活下去，仍是園藝家關注的問題。

「落地生根」，是個令人安心的詞彙。這是甚麼時代了？我還固執着農業社會遺下來的理念。飛翔、跳躍、流浪，十分瀟灑，連根拔起，才是生存之道。

也許是，所以，老榕也移居。

為了生存才移居，移居後必須要生存，那才合理。我關心的就是榕樹移居後能不能繼續生存下去。園藝專家該早有打算，但老榕樹自己也要經得起一次考驗——生命力的考驗。

如果我是個攝影家，一定會把這次移居過程拍攝下來。這是一次生死見證。

老榕樹，請自珍重，你還得在新地再看財散財聚。

一九九五年三月三十一日

花園道口的小丘

站在行人天橋上，我遙遙看着希爾頓酒店，龐大穩重並帶有弧度的身軀，夾在鋼鐵支架式的上海匯豐銀行與稜角尖削式的中國銀行中間，成了都市異色雕塑。很快這天空會出現一個缺口，至於這個天空缺口，又將會給甚麼樣子的建築物佔領，只有某個或某組畫則師，某個或某組決策人知道。

這正如，四十多年前，我並不知道花園道口，遮打球場對面的小丘，為甚麼會被開山工人一鍬一鍬地移平，連同一棵參天大樹也給倒了。後來，就有了一座叫希爾頓酒店的大廈。

對於這座大廈，我並沒有太多記憶與懷想，鷹巢、金蓮、廁囉街……也沒留下深印象。倒是對它的前身——它佔有了的小丘，卻念念不忘。

小丘頂是平的，是一大塊泥土地，向東緊貼着炮台里的紅磚屋，向南連着聖約翰禮拜堂。中學時代，天天路過，看見有軍人操練、打球。小丘臨電車路與花園道轉角，有一棵大樹，一到春來，嫩綠小葉招展如玻璃片，夏天就團團如傘。

中學生並不熱心打探小丘為何鏟平，卻十分捨不得那棵大樹。後來，不知道誰發現政府合署門前空地上，還有一棵同樣的大樹，就改變回家路線，天天繞過大樹走向炮台里。我還用了家裏僅存的古老照相機——風琴摺疊式的那一種，為同學拍照留念，照片裏清清楚楚看得見大樹枝枒上許多小葉，大概，是五十年代末的某一個春夏之交。

還有多少人記起那個小丘，那棵樹呢？原來我也忘記了，如果不是希爾頓要拆掉，它不會驀然清晰地呈現。

都市不斷在修改面貌，一切改變，竟是不可抗拒的歸宿。

我步下天橋，朝着回家的路走。

一九九五年五月八日

久違的滋味

緊張

好天正良夜，人家在露天小攤旁吃得正興奮，我忽然問：「食食吓落雨點算？」這是我個性的最佳素描。

唸中學的時代，我的綽號叫希治閣：在同學心裏，不單指「緊張大師」，而是一句歇後語：「嚇死人冇命賠」。

同事間也流傳一個我的緊張事例：一次在沙田夜宴，兩個熱葷上過後，我打開手袋，拿出小錢包，再拿出一些零錢，鄰座同事以為我要去洗手間，就說：「裏面沒有服務員，不必帶錢。」我一時接不上她說甚麼，「誰要去洗手間？零錢是等一會散席，坐完火車再轉隧巴時用的。」從此，這件事成為笑柄。也有人好奇地刨根究柢問：從吃翅到上隧巴這段時間內，我是不是死捻着零錢在手裏不放？

緊張，是我家族的「傳家寶」。嚴格來說，應該是傳自母親。也舉一個印象深刻的例子說說。

一九四五年第二次世界大戰結束後，和平了，香港人仍是生活艱難，父母維持一家幾口生計真不容易。記憶中，母親總是臉容愁苦。從她口中，我聽到內戰烽煙、甘地不抵抗主義……有一天，她買了一擔白米回家，告訴我們說：「要打仗了，恐怕第三次世界大戰要來。記得日本仔打香港前，幸好我買了一擔米，我們一家才捱得過淪陷後缺糧的艱難日子。米，好重要。」以後，我家裏總有一擔米儲存着。一晃快五十年，母親墓木垂拱，但第三次世界大戰還沒有來。假如母親還在，她就平白緊張了五十年，而肯定，我家仍會存儲一擔白米。

童年，在天天逃空襲中度過，我不說：「食食吓落炸彈點算？」已經表示我學曉放開愁懷，進步多了！

一九九三年七月一日

並不誇張

食食吓落炸彈點算？

這聯想是不是誇張過了頭？緊張也不該這個樣子吧？

不，一點也不是誇張的聯想。童年，三年零八個月的日子，幾乎天天，我都遇上「食食吓落炸彈」，那時候，我們都知道該怎樣做。

淪陷期間，盟軍飛機天天來繞一兩圈，有時晚上也會來空襲。炸彈正中了的目標物，在裏面的人當然逃無可逃，旁邊的人也怕碎片。爆破後，炸彈碎片像千張鋒利飛刀，突插向四方八面，取人肢體首級。我們要避就是那些要命的碎片。

落炸彈之前，照「正常」情況，是先有警報響號，跟着極其沉重的飛機聲由遠而近。由警報到飛機到達，通常總有幾分鐘讓人們躲進防空洞或家中樓梯底去。不正常情況，就會連警報也來不及響，飛機已經在上空。飛機一到，很快就會聽見一種金屬削尖衝開空氣從上而下的刺耳聲響，然後轟然巨響，地動屋搖。這一兩秒鐘，已經決定生死，抬起頭，看見自己沒事，就表示這一場劫逃過了。

食食吓飯，警報一響，小孩子也懂得，飛快推開飯桌，放下碗箸，狂奔向可避碎片的樓梯底。屈了身，坐在小凳上，再加破而厚的棉被蒙頭。五六歲的我，六十歲的外祖母，就這樣子天天躲警報。父母謀生都在外邊，一老一幼如此度過好多恐懼日子，老祖母一進樓梯底，總緊握我手，口中唸着「喃嘸阿彌陀佛」、「救苦救難觀世音菩薩」。那不斷的聲音，幾乎是我唯一的依傍。

空襲過後，繼續吃那還未吃完的飯，老祖母仍然唸唸有詞，因為出外謀生的家人還未回來，「喃嘸阿彌陀佛」……一直到父母無恙歸來。

這樣的童年，這樣的聯想，不算誇張吧？

一九九三年七月十日

「勇敢」一幕

我雖然一貫地緊張，但也有過出奇的「冷靜」「勇敢」的表現。

行行吓遇上炸彈，點算？

單獨一個人，帶着幾十個中學生，由北角走到筲箕灣，途中遇上無數真的假的炸彈，停停躲躲，終於安全回到學校，這經驗倒算十分寶貴。當時的「勇敢」，現在回想起來，還揑一把汗。

六十年代末，香港突如其來的遭逢了「亂世」。莫名其妙的出現許多「愛國人士」，為了「反英抗暴」，在大街上放置真的假的炸彈——「土製菠蘿」，真的炸死炸傷了不少無辜的香港市民。現在下場大雨，政府遲了宣布學校停課，也給市民家長罵得狗血淋頭，當年滿街炸彈，我們依舊要上班上課，相比之下，如今的香港人真夠矜貴。

先得說清楚當年的交通環境：北角到筲箕灣，只有一條通路：電車路過的英皇道、筲箕灣道。人和車，非經這條並不寬闊如今天所見的主要道路不可。

一天早上，「愛國人士」的「抗暴」重點，竟放在北角到筲箕灣的一段電車路上。沿着電車軌和旁邊的汽車路，放了許多寫着「同胞勿近」的「菠蘿」。公共汽車電車都必須停駛，為了生計和求學的同胞們，也只好靠兩條腿上路，我是其中一人。

學校在筲箕灣巴士總站附近，學生大多是住在北角筲箕灣區。我坐車到了北角，已逼得下車步行了，跟我一起的還有幾個高年級學生。在開始的一段路上，軍火專家已經引爆了部份真彈假彈，我們看不見炸彈，心情也不太緊張，而我，也還沒察覺自己正一步一步被逼「扮演」一個勇敢角色，責任非輕地走回學校去。

到了鰂魚涌，我們漸漸迫近軍火專家的工作禁區了。而越接近筲箕灣，遇上的學生就越多，高年級低年級的，我不認識她們，她們卻認得我。

老師，在當年的中學生心裏，是一個安全、可靠的標誌。她們在驚惶中，看見老師「帶」着同校同學，就像找到救星，趕快靠攏起來。我偶一回頭，看見一大隊穿着彩藍校服的學生跟着，嚇了一跳，但也立刻明白自己該怎樣做：表現得「冷靜」，「勇敢」，安她們的心。

我先叫兩三個高年級學生殿後，再吩咐她們不要慌張，緊跟着我向前走。

就這樣，我們依照維持秩序的警察指示，躲在騎樓底，等前面的炸彈引爆了，再走一程。

最緊張的一段路，是走到太古船塢附近，那裏沒有店鋪，只有一列很長的圍牆，真是躲無可躲。碰巧最具威力的真彈就放在上坡的電車路軌上，轟然巨響過後，我抬頭看遠處沙塵煙硝揚起，遮住前路，心中空白一片。幾個靠近我的學生哆嗦着，但卻異常的沉默。現在回想起來，我只記得許多無聲的畫面，究竟那群平日大呼小叫的女學生，當時有沒有隨着巨響驚叫，我一點也沒有印象。

兩個多鐘頭後，我們終於到達校門！我也完成了一個教師無可逃避的責任。

現在越想越緊張，萬一學生受傷，我這個「帶隊」老師，如何擔當得起？我為甚麼不叫她們回家？我為甚麼不叫她們散開，不要跟着我走？冷靜？勇敢？還是年少無知？

事過境遷，許多人可能都記不起香港有過這種經歷，我可不會忘記自己曾經勇敢過！

一九九三年七月十六—十七日

「玩具」

在戰火、貧窮、匱乏時代度過的童年，沒有甚麼值得炫耀的回憶。且說說三件「玩具」，進學校之前，也就是說九歲之前，它們是我永不離棄的良伴。

玩具，怎麼要用引號？因為它們不是玩具。

第一件：觀蟻。螞蟻的生命力真強，連人類的食糧都缺乏的環境，牠們居然無處不在。家裏沒有甚麼東西足以惹蟻，可是黑蟻、黃絲蟻，總分成兩派，整天在許多角落來回走動。騎樓欄杆上，正是牠們必經之道。每天，我搬一張木凳子，趴在欄杆旁，細細觀看牠們的陣勢。

黑蟻身形大，腰纖肚大，特別在吸了水份時，肚子脹得透明。牠們走動得快，行列往往有點亂。黃絲蟻小巧淡定，列隊前進，沒有蟻會越隊。觀蟻，兩種蟻各有吸引力，黑蟻看得人眼花，但多戲劇性變化，黃絲蟻團結整齊，容易分清領隊和工蟻，卻嫌隊形保守，定睛看多了，會變成「鬥雞眼」。

牠們整天忙着搬運，有時搬食物，有時搬白色的卵。食物，是我假設的，因為牠們含着的小粒，我分不清是不是食物。牠們最大動作是搬別的昆蟲屍體，黑蟻一口咬住一隻比牠身體大幾倍的蟑螂腿，飛快前跑，好像毫不吃力。幾隻蟻合力扛動小截蟑螂屍體，就偶有忙亂了。

牠們太有秩序，不好看，我會很殘忍……真的殘忍，純粹為了自己快樂，用手指捏死隊中一隻蟻，或者向牠們潑水，陣腳一時大亂，我就等着看牠們怎樣在危難之後，重新整合。現在回想起來，那些給我捏死的蟻，真是死得不明不白，大概這叫天地不仁吧！

第二件：小藥瓶。從前吃西藥，藥丸用窄頸胖身的玻璃小瓶盛着。我擁有兩個這樣的樽仔，他們是一對，孩童無知，沒為他們分性別。我從紙盒中拿出來，把紅色藍色膠蓋拔出，斜斜蓋住瓶頂，從後面看，就是一對戴了紅帽子藍帽子、又胖又矮的小人。

每天，他們就是這樣活起來。我用手指幫他們移動身體，我扮成不同的聲音代他們說話，也跟我說話，講些甚麼，現在當然記不起來。我歪着頭，趴在桌子上，把視線移到與他們齊平，展開一天的對話。奇怪，這一對童年良伴，我竟沒有給他們改個名字。

第三件：不該用件來做量詞，它只存在我腦海裏：並不實存的小人國。那時候，我沒聽過小人國故事，只是不知何故生出這個奇怪想頭。家裏沒有人的時候多，孤單的孩子，藏坐在大藤椅裏，凝視着空蕩蕩的大廳，地上就浮現了街道、房子、車子和行人。它每次出現都同一形格，絕不因為幻想而變化。我可以說得出每條街道兩旁店鋪的樣子，也說得出每個行人的活動。我會讓街上有些事情「發生」，然後組成一個一個古仔——大概我又在自說自話了。這個想頭，不會是大人引起的，因為唯一跟我講故事的外祖母，只懂《水滸傳》和《三國演義》。我很快樂，每一次居高臨下，主宰着這個小城市。

我的童年，就在這三件不用錢買的「玩具」陪伴下，冉冉逝去。

回頭看這幅童年畫像，匱乏卻又富饒，孤寂卻又熱鬧，一切那麼矛盾而溫馨，是誰賜予的？我實在幸運，想來還是值得炫耀的。

（今天早上，新聞報道，一個家境富裕，擁有許多玩具的小孩子，因父母不在家，耐不住孤寂，跳樓自殺。於是，我想到自己的幸運。）

一九九四年四月二十七—二十八日

胡士托重來

原來，一瞬間，已經二十五年了。

胡士托音樂節，在世紀末重現，有甚麼象徵和意義？

二十五年前，美國年輕一代，對一切「正常」、「正統」的建制，生活模式產生極度的反叛。他們破壞本有的人倫關係、家庭模式、社會道德觀點，對抗令他們失去信心的政府和制度。他們服食大麻迷幻藥，以「愛與和平」為口號，胡士托音樂會成為一個極具代表性的活動。

這在六十年代末期的香港，說保守說開明都不是的社會環境，甚麼嬉皮文化、甚麼抗衡社會行為，性解放、迷幻藥，許多人都似懂非懂，更說不上接受不接受。

當年我正在一間天主教修女辦的女子中學教中文，雖然也愛聽鍾·拜亞士的民歌，曾叫學生去看披頭四的《黃色潛水艇》，反對校長查學生書包，但其實仍然很保守，對胡士托的開放，還是十分抗拒。一天，去看望唐君毅老師，他第一件事就問我有沒有看《胡士托音樂節》紀錄片。我很詫異，老師怎會對這個古怪活動感興趣了？

坐在電影院裏，光影閃動，我不是給瘋狂的搖擺音樂震撼，而是給成千上萬、裸露身軀、如癡似醉的青年行動眼神所迷惑——這是千里外的青年群體生活取向？迷惘眼色中如何得到愛與和平？電影紀錄了他們的迷亂、悲愴，在泥濘中如一團鬼魅，這是他們的快樂表現麼？

真是一個謎。去請教唐老師。唐老師說：「這是西方文化一個很重要的訊息，你得注意，物質與政制對人類已經變成枷鎖，它必須破壞，才可重建。西方文明以為很重視人，這群青年人就以行動來證明人被壓制後的反彈，西方文化病態也給它反映出來了。」

二十五年後，胡士托重來，又是一個怎麼樣的訊息呢？

一九九四年八月二十二日

周修女

說起當年教育界反對披頭士的情況，不禁想起自己的幸運，遇上開通明理的上司——周修女。

六十年代末，香港社會動盪，經濟也在轉型，教育界面臨新舊思想衝擊，有點不知所措。我們一群六十年代中葉大學畢業的教師，許多都在思索應帶學生走上一條怎樣的道路，當校長的就很怕我們「搞事」。我卻遇上一位不怕「搞事」的修女校長。感謝她，容讓我在學校裏獲得適度自由，做應做可做的事。

為甚麼要從披頭士說起呢？事緣我叫學生去看披頭士的《黃色潛水艇》。（其實，我帶學生去看許多文娛節目，和參觀許多社會設施——六十年代，還未如今天流行校外活動，我已帶學生去參觀證券交易所、垃圾焚化爐、石鼓洲戒毒所……。）不知道誰告訴了校長，她就把我召入校長室，問我為甚麼叫學生去看狂人電影。我告訴她，那電影音樂很好，配合很前衛的動畫，愛美術設計的學生應該去開眼界，不是甚麼狂人電影。她聽後就再沒干預了。而學生也去看了，其中一人，回來利用了電影中常用的鮮黃鮮藍色彩，錯亂視覺技巧，為我設計好一張聖誕卡，我把它拿去印刷了，成為我第一張自印的聖誕卡。我送給周修女，還要她立刻看，她看來看去，仍看不出畫面暗藏了英文：「聖誕快樂、新年快樂」幾個字。經過一番努力，調校視線，她才忽然看到了，開心得大叫起來。第二年，她就叫那學生設計該校第一張自印聖誕卡，而學生從此充滿信心，畢業後就到外國去唸美術設計。今天，她已成為一位專業設計師。

在周修女的「縱容」下，我還「搞」了許多事，成為了教學歷程中難忘的紀錄。

一九九六年一月四日

「搞」事

六十年代末七十年代初，經歷了暴動、經濟不景，香港人心惶惶，怎樣安定青少年的心，更是執政者和教育界所關注的。

周修女其實也怕我們年輕一輩教師「搞事」——這是她逝世前，在病床前向我提起的，只是她還是很信任我們，默默地看着我們做，不出岔子就不干預。

她提及兩件事，說是她最擔心的。

暴動剛過，當時，吳靄儀、蓬草、我都在該校任教。吳剛在港大編過《學苑》，興致勃勃，說要教學生也出版一份校報，我們就起哄地說好。可是，當年還沒有中學生自辦校報的風氣，況且，油印大字報小字報剛留給人很恐怖的印象，她開始也不大同意讓學生全盤負責，要我們幾個老師監管審核。但吳靄儀不肯監與管，認為不符言論自由精神，事情就鬧僵了。後來，我與吳討論了很久，又跟周修女再商量，終於決定讓學生自辦，但事前由我們與學生詳細計劃。報紙出版，沒有出軌，大家才鬆一口氣。

另一件事是我組織學生演話劇。學校辦了一個文娛晚會，每級學生負責一項節目，我就據夏衍的《秋瑾傳》，改編成短劇。劇中強調秋瑾的愛國行為，也反映了清朝的腐敗。其中許多慷慨激昂的台詞，都由扮演秋瑾的學生唸出來。我讓她在「從容就義」前說了一段秋瑾的愛國文章，台上台下都感動得哭起來。到如今，我仍記得扮秋瑾的學生，那臉堅定而帶淚光的表情。我倒沒想到，秋瑾在台上振臂高呼：打倒滿清的當兒，台下的周修女是怎樣的緊張。

十多年後，在病床側，我看着她滿臉病容卻仍帶笑說：「你嚇得我好驚。但我知道你喜歡秋瑾，就由你去搞囉。」我實在十分感謝，也慶幸當年沒有搞出禍來。

一九九六年一月九日

另類夜校

周修女能夠不干預我們「搞」事，是因為她自己也愛「搞」事。

七十年代初，政府和志願團體都還沒辦甚麼社區福利和成人教育活動。筲箕灣是山邊木屋和海邊艇戶雲集的老區，當時還未實施九年免費教育政策，失學的人很多，十多歲的漁民和工人，不識字沒知識，常常吃虧。

周修女看在眼裏，忽發奇想：辦一所夜校，讓漁民工友來上課。校舍現成，教師則請校友義務擔任，她要我當校長，並負責設計課程。有人提供校舍、教師和一切費用，年輕的我，不知天高地厚，就一口答應了。

沒有前例可援，針對當時需要，我設計的課程很奇怪但也很實用。中文科初級班教學生寫自己、家人的名字、地址，寫基本常用中文字。高級組教讀報讀各種公文單張。數學科教加減乘除，教上數簿記賬。此外，必須修讀的還有：聖約翰救傷隊教日常急救療傷課程，公民科教工廠條例、工人權益、漁民安全守則、各政府機關工作性質和地址。選修的：烹飪、縫紉任選一科。現在看起來，這些設計很幼稚，野心卻很大，但在七十年代初，還算一番心意。

學生來自工廠、東大街、愛秩序村，年齡有大有小，日間職業是工人、捕魚、賣菜……。

記得把着手教一個二十多歲的女漁民寫她的名字：張六娣，她說只喜歡寫「六」字，還好奇地問：為甚麼其他兩個字有那麼多「彎曲」？很可惜，正當她學會寫自己的名字的時候，她就退學了，因為父親把她嫁到香港仔艇上去。

這間另類夜校，維持了兩年，由於周修女調往田灣，我也到日本去唸書，就無疾而終了。周修女永不言休，不久又在香港仔辦起一所很正式的英文夜校來。

一九九六年一月十六日

恩神父

說起辦義學，我又想起一個愛「搞」事的神父——恩保德神父。這位說得一口流利廣東話（特別是粗口和社會常變口語）的外國神父，在六十年代末，基層民眾很熟悉他。當年還不像今天，平民百姓懂得爭取權益，貧民遇上事故，沒有社工或熱心人士幫忙，只好啞忍，部份會去找葉錫恩和恩保德，也許還會有點希望。

恩神父擁有一輛綿羊仔——當年流行的小型電單車，常駕着它東奔西跑，對人說它是自己的「老婆」。他既在教區工作，又在公教進行社辦中文刊物。六十年代末，他有感於銅鑼灣避風塘的艇戶孩子，沒有書讀，就在聖保祿女書院借用兩個課室，每天下午四點半以後，辦起漁民子弟義學來。

課室有了，學生也來了，可是他卻找不夠義務教師。朋友介紹，他輾轉找到了我。被他的傻勁感動，我答應教一班，每星期只上兩次課，這可說是有生以來，最頭痛最難為的教學經驗。原來，這不算甚麼學校，只按年齡分為兩班，也不在乎他們學到甚麼，只是讓孩子有機會腳踏實地，玩一下、唱唱歌（我教他們唱ＡＢＣＤＥＦＧ）高聲讀讀太陽月亮。他們五六歲，一向沒有人管，骯髒得人人拖着鼻涕，每次上課前，我還要為他們洗手洗面，然後拖男帶女回課室去。小孩子不懂事，又坐不定，常常惹來借出課室的修女責罵。我使盡各種方法，都管不住他們，最後還得用「利誘」：全班都乖乖，上完課就派給一人一顆糖。不久，恩神父去了九龍灣木屋區，那義學就停辦了。

很久沒有恩神父的消息，有人告訴我，他在越戰後去越南傳道，給當地政府抓了，從此音訊全無。我不是教友，但常在一些神職人員身上看到光，我學會了崇敬。

一九九六年一月二十三日

「有水放水」

據最近調查結果，香港青少年竟然對貪污行賄行為，並沒有太大反感，受訪者有幾乎一半認為「賄賂」是可以接受的。

我只能說，他們生活得太幸福了，根本不知道貪污的可恨可痛。

六十年代末七十年代初，香港市民深受貪污的折磨，我也很「幸福」，平凡生活裏沒有遇上要行賄的不幸事。但我卻永不忘記：一個學生給我上了活生生一課。

那時候，我擔任了全校的「經濟及公共事務」科的課，教得十分起勁，安排課外參觀、剪報、討論小組，讓學生真切走出課本，關心社會——雖然，這個詞在當時很敏感。我也以為自己很關心社會，很了解民生。

那一年，筲箕灣東大街尾，船廠、木屋發生大火，我的學生多是那區居民，一夜之間，燒得傾家蕩產，孤身逃出。學校立刻發起捐助，為受災同學解決一時之急。事有湊巧，那星期的「經公科」，某一級正在開講「香港消防局」，我自然很正面地介紹消防局組織，消防員的工作意義。誰料我只講得一半，座中一個學生拍案而起——在當年，這是極大膽甚至不可能出現的動作。我和全班同學都嚇了一跳。我沉住氣，問她想怎樣，她說她恨死消防員。後來，她既憤且氣，帶淚說出火災當天，因為成年人多不在家，她親眼看住有些消防員不肯「開喉」只為沒有人能作主給他們賞錢。就是這樣，一家老小慌忙逃生，看着家園被燬了。這就是當年流傳的「有水放水，冇水散水」的順口溜寫照。

現在，每當看見消防員出生入死，救火救人的場面，我就想起當年的「不幸」，幾經艱辛，香港人才獲得一個廉潔社會。年輕一輩居然不懂珍惜，真叫人心痛。

一九九六年二月六日

收藏

從小就養成把「沒用」東西收藏起來的習慣，沒有人教導我要作收藏家，甚至為了收藏，得冒一些風險或痛苦，我倒是一次又一次，有「主題」的把小東西藏好。記憶中，第一宗主題收藏是糖果紙。還沒上小學，那時候，社會經濟不發達，家庭狀況也不好，吃糖果，算是奢侈。糖果品種不多，在小孩子心目中，美國牛奶糖、瑞士糖、英國拖肥、朱古力，該是四大天王。平常日子，等閒不易吃得到。過年過節，有人送禮或家人自購，才珍而重之，分得幾顆。

牛奶糖是藍白紅帶蠟的紙，瑞士糖是紅、橙、黃、綠、藍帶蠟的紙，拖肥、朱古力是七彩錫紙。吃糖，得小心拆開包紙，含着糖就去找草紙，揉成紙團，在平放的糖紙上面柔力擦平，讓本來很縐的糖紙變得平滑。

我有一個力爭回來的英國花街拖肥糖盒——那時候，鐵的盛器、盒子很少有，平平扁扁的盒子，正好給姊姊放針線。爸爸寵我，媽媽雖說姊姊有實用，最後還是我爭得到手。——又最近在一間懷舊物品專門店裏，看見一個一模一樣的盒子，售價三百塊錢，叫我感慨萬千。拖遠了，話說回來，我就把平滑七彩的糖紙，珍藏在盒子裏。有時拿出來把玩，有時拿出來以驕同儕，有時也會送一兩張給好朋友，表表心意。

糖紙，畢竟花款不多，來來去去不過十種八種，但幾年下來，我也收藏了滿一盒。誰料，有一天，媽媽發現抽屜裏有許多黃絲蟻，就說是糖紙「惹蟻」，要把我的藏品全扔掉，那是我第一次喪失藏品的打擊，哭得手腳「抽筋」，是很痛苦的經驗。

不久，進了小學，我又改變主題：收藏橡皮圈。粉彩色的橡皮圈，一紮一紮分起類來，藏滿一個大牛奶糖罐。可是，橡皮圈比糖紙更沒變化，沒花樣，看多了也乏味，最後不知怎樣就停止了，現在記不起如何處置那些藏品。

中學時代，我的收藏主題是：票，各類車票、入場券、戲票。其中以車票最多也最特別。新界公共汽車票價不同，顏色各異，港九公共汽車車票和電車車票款色變化不大，但我卻專門收藏號碼特別的票。記憶中，四個號碼相同的，由〇至九，大概超過一百張，還有號碼成雙的，例如二二八八，號碼相隔，例如一二一二，號碼排列特異，例如五六七八……好幾百張。戲票更多姿多采，我第一張藏品，應是父親所藏，戰後第一套轟動香港的荷里活七彩電影《出水芙蓉》的首映場票。父親愛看電影，據說當年要排隊才爭得那票，故捨不得扔掉，還在票背寫上戲名。

由於收藏時間長，量也特別多，就正因這樣，幾次搬家成了累贅。一直到六十年代末，實在沒地方可供它們棲身——包括此生第一批藏書，一咬牙就全送人了，記得票全送給一個女學生。現在想起來，心裏仍切切作痛，但願不會所送非人，它們還在世上。

最近搬家，竟然發現夾在舊書裏，有一批一九六五年的戲票——戲院全都不存在的了，不知何故它們會倖存，撫摩再三，感慨繫之。

雖然一次又一次遭受「失去」的打擊，但收藏習慣還沒有改掉，隔一段日子，我又會「發作」，找個主題來玩玩；中國風景明信片、小玻璃瓶、石頭、外國各種車票、入場券……，主題這樣換來換去，沒有長時間地浸下去，是收藏的大忌，這也是我不能成家的原因。不過，我也沒有立志做個主題收藏家，一切隨緣，只求有一點點閒情，寄託在可供佔有的小東西上，不要因工作緊張而失去小情趣，那就夠了。

近期收藏主題是：睡貓，用廣東話叫「瞓覺貓」，好像有趣得意些。看看藏品，把玩把玩，暫時忘記世間煩惱，也算健康療法。

一九九四年九月二十—二十一日

又拆一間

萬宜大廈要拆掉重建了！

花開花落，香港人看得慣，等閒風月。新建築物一眨眼又出現一幢，名字記不清，樣子差不多，沒有辦法留得深刻印象。

只有匱乏日子，偶然一座高樓，又設了前所未見的電動樓梯，才引起哄動。後生小子，聯群結隊見識見識去，如今人樓俱老，驚聞它要拆掉，才記起天天經過，都沒好好看它一眼。

趕快自沉澱記憶中，攪撥一陣，有人記得樓下蘭香室的出爐蛋撻，有人記起紅寶石餐廳。

我也記起紅寶石餐廳。

中學時的音樂科老師很嚴，考試既考西洋樂理、樂器聆聽，還要聽認著名樂曲的主題樂章。那時候，沒幾個同學家裏有「留聲機」，更沒有那些昂貴唱片，於是音樂科永不合格。後來，不知道誰發現了萬宜大廈二樓的紅寶石餐廳，每星期有一個晚上，舉行音樂欣賞會，主持人叫陳浩才，每月還印發一本小冊子《音樂生活》，介紹著名音樂家、作品導賞。我們想去聽，要交十塊錢，就可享用一頓奶茶西餅，聽足整個晚上。

十塊錢，對我們來說，很昂貴，那時候電車學生票是一毛錢，可樂是三角一瓶。於是，我們學懂選擇老師提過的名家，每月去聽一次。就這樣，我們進入了西洋音樂天地，慢慢養成聽音樂的習慣。我還收藏了每一期的《音樂生活》，到後來搬家才十分不忍地扔掉。

萬宜大廈很快就發生變化，比它老不知多少倍的利舞台不是在我們揚眉瞬目之間變化面貌了嗎？花開花謝，我們懷一下舊，日子畢竟會過去，似乎連傷感也來不及。

唉！

一九九五年五月二十三日

久違的滋味

偶然機會，吃到兩種久違食品，頗引起一絲絲童年滋味。

豬油包：在強調健康食譜的今天，許多講究飲食衛生的人聞豬油而色變。在貧窮的往日，吃豬肉是件大事，平日難得一吃，上茶樓，倒容易吃到豬油包。

豬油包，其實也是純肥豬肉作料。先把淨肥豬肉用糖醃了，切粒，混合糖冬瓜搓成餡。麵粉搓好作皮，包住餡，放在蒸籠蒸好，新鮮滾熱出爐面世。豬油滲入包皮，讓包頂微微裂開。趁熱拿起冒熱煙包子，豬肉香味直往鼻裏送，甘甜而膩，吃來卻感爽鬆化。父親早茶，喜吃雞球大包或叉燒包。我如能作主，夏天吃叉燒包，冬天一定吃豬油包。小學二年級，有一個男同學綽號叫豬油包，凡事慢三拍。現在再沒有人叫豬油包了，年輕一代有誰吃過豬油包？

砵仔糕：這種粗吃，偶爾在某些舊區街頭小攤，仍未絕跡。用小而淺的瓦砵盛載，用料不同，可分黃糖砵仔糕、紅豆砵仔糕、砵仔鬆糕。小攤或推車小販，用竹枝插入糕身一挑，整塊圓滑糕件就離砵而出。吃時也講技巧，均衡地沿着圓型邊上吃一口又一口，不能集中只吃一邊，還得注意竹枝位置，否則吃得一半，另一半就會跌下來，跌到地上是自招損失。

砵仔糕是冷吃，夏天酷熱下午，門外就會響起叫賣聲：不是砵仔糕就是白糖糕。母親認為白糖糕較有益，不大准我吃砵仔糕。我也很怕它太滑，太講究吃的技巧，弄得人神經緊張，不吃沒損失。

最近，湊巧兩種食品都吃了，久違的滋味，帶來的不是甚麼驚喜，只是淡淡的童年回憶，好不好吃？已經不再重要了。

一九九五年四月二十一日

香港文縱

青年的導航者

——從《中學生》談到《中國學生周報》[一]

引言

在茫茫大海裏，到處有礁石、暗湧、漩渦，極有經驗的航海者除了憑一己的經驗判斷外，還得靠着導航儀器或導航人。青年人在成長過程中，面對紛繁的人事，如果，在適當時刻，獲得導航，可以把前景看得清楚些，把應面對的難題考慮得周全些，然後再憑自己的努力，直達目的地。每一個時代，有每一個時代的困厄，有每一個時代需要探索的問題，現在讓我來談談在兩個不同時代，對青年起了導航作用的兩份刊物。

一　本文為香港市政局圖書館主辦第七屆中文文學周專題講座發言。原刊《香港文學》第八期，一九八五年八月五日。「重讀周報手記」分刊《星島日報》「七好文集」專欄（一九九五年六至九月）。

《中學生》

首先，談談《中學生》。這份雜誌誕生於多難多災的三十年代初，即一九三〇年一月創刊，共刊行六十五期休刊。一九三九年五月在桂林復刊，抗戰後復在上海出版，直到一九四九年九月[二]，假如我們打開中國現代史看看，就知道它的存在，橫跨了苦難深重的二十年。其間經過多少內憂外患，八年抗戰中，在流離情況下，輾轉於上海桂林各地，用草紙印行，仍堅持出版[三]。到了內戰期間，在饑餓貧困的壓力下，仍不言休。二十年來，為中國青年學生提供應有的知識道路，更提出了他們應該思索反省的許多問題，現在六十歲開外的中國知識份子，應該不易忘記這份雜誌[四]。

二 一九四九年九月，改名《進步青年》，繼續出版，一九五二年三月又恢復原名，六十年代停刊，一九八〇年又復刊。

三 一九三九年五月復刊，改名《中學生戰時半月刊》。

四 據葉聖陶〈祝《中學生》復刊〉（見《中學生》一九八〇年第一期）一文中說：「近來常遇到一些六十開外的同志向我說他們曾經是《中學生》的讀者，從《中學生》得到不少益處。」

對於香港青年人，這雜誌是陌生的，不妨先略略介紹它的歷史。一九三〇年前後，中國除了外患頻侵，內部不穩外，政治、文藝的思潮也在極度混亂情況下掙扎及探索中。不同主張的文藝團體紛紛出版雜誌刊物，根據不完全的統計，一九二九年出版的刊物最少有三十四種，一九三〇年出版的刊物，超過三十七種[五]。在眾多刊物中，各派意見紛紜，文藝創作或理論，水準參差，學識水平還不夠好的中學生，真不知如何入門。作家、理論家層次太高，不是門外的青年人人都能攀得上，也不是人人看得懂。浩瀚書海中，他們需要導航者。

一九二五年，一群中學教師：匡互生、朱光潛、朱自清、豐子愷、夏丏尊、方光燾、劉薰宇等在上海創辦了「立達學園」[六]，滿懷希望的想辦一所他們理想的學校。後來為了擴大對青年讀者的服務範圍，就在

五　據張靜廬《中國現代出版史料》丁編（下）（一九五九年十一月，中華書局出版）中引魯深《晚清以來文學期刊目錄簡編（初稿）》頁五一〇—五七六。但該目錄並不包括綜合性文化期刊，《中學生》就不見列入表中，故數字並不完全。

六　最初叫「立達中學」，後來江灣建校，才改名為「立達學園」。

一九二六年八月，由章錫琛開辦了「開明書店」，專門出版適合青少年人的讀物，一九三〇年一月創刊的《中學生》，更是該書店最重要的貢獻。二十年來，擔任編輯的有：夏丏尊、葉聖陶、豐子愷、章錫琛、金仲華、顧正均、徐調孚、周予同等。其中以葉聖陶擔任該主要職位最久。

可能有人認為給中學生看的刊物，內容一定單純乏味，缺乏社會意識，避開國家政治、國際形勢等大而複雜的題材。但這只是一種推想而已。只要翻閱《中學生》，我們會驚訝於它的廣度和深度，也驚訝於它對時代的針對性，處處實踐了在創刊號提到的使命：「替中學生諸君補校課的不足，供給多方的趣味與知識，指導前途，解答疑問，且作便利的發表機關」。七 及重視青年對時代與地位的自覺。由知識到思維，科學到文藝，個人到世界，理論與分析，該刊都包容了。由於它是綜合性的刊物，文藝方面比較弱，但在動盪的大時代中，它絕不避開政治與時事，更不斷提出值得青年思考的問題。雖然，這份刊物有自己的立場，

七 〈《中學生》創刊詞〉，《中學生》創刊號，一九三〇年一月。

但卻不會把自己的思想定於一尊，對不同的問題，均展示了不同的思維路向，讓讀者自行取決[八]，舉個例子說說：一九三四年的五月號中，有一個專輯叫「五月」，其中包括了豐子愷的〈五月的預想〉，說的是他五月的寫生旅行計劃，全文只想着買甚麼顏料，會見到甚麼美景，甚至想到去采芝齋買欔子糖與朋友共吃，完全是個人趣味。徐懋庸的〈不要紀念吧！〉，就對當時流行的、虛有形式而乏進取精神的五月國恥紀念日大加鞭撻。林庚寫的〈五月〉，就純從美學觀點與生活關係來討論，所北寫的〈血寫的歷史〉就詳細為讀者重溫了這個「多難之月」的歷史。一個專題四個不同觀點，讀者既可依個人性格喜好，各取所需，同時也可兼收並蓄，從不同層面去看問題。中學生程度，往往對專家之言望門興歎，但在初階之後，仍應有逐步深入認識的提昇，絕不能只顧遷就而留於膚淺階段。《中學生》的作者對專門問題，都能做到深入淺出

八　據葉聖陶〈祝《中學生》復刊〉中說：「我和朋友們當時編《中學生》確有這樣的想法：不要教訓，要勸說；不要灌輸，要啟發；不要以教育者自居，要對待朋友一樣對待讀者……跟他們一起商量一起探討……。」

的分析及介紹，看茅盾介紹《十日談》、豐子愷的美術音樂理論、高士其的細菌研究、金仲華的國際形勢分析、夏丏尊、葉聖陶的文學欣賞及寫作技巧，都可以看見全刊對深度的要求。而在該刊登過的專欄，例如《文心》、《文章病院》、《古代英雄的石像》……均成為當時全國中學生必讀的好書。它的導航作用，使在國難深重中成長的一輩，得到應得的指導。大概由於它不是純文藝刊物，在當時也不具色彩鮮明的戰鬥格，總觀起來，沒有具體易見的成績，所以，歷來沒有人對它作過全面的研究，和給予合理的評價，這是一件很可惜的事。

《中國學生周報》

說《中學生》，無論時間及空間，都跟生活在香港的我們距離得很遙遠，現在說到《中國學生周報》，相信對中年的香港知識份子，就應該有親切而熟悉的感情，對十來二十歲的青少年，可能在傳聞中，也會有一種朦朧的認知。它停刊已經十一年了，但在許多人心目中，仍是印象鮮明，提到它的時候，也禁不住帶着濃厚的感情。

《中國學生周報》創刊於一九五二年七月，停刊於一九七四年七月二十日。二十二年來，它也橫跨了香港動盪、穩定、發展、變化的歷程。它與《中學生》的產生背景，有很大的差異，說動盪，五十年代的香港與三十年代的中國，自然差得很遠，而當時香港的文化界可以說極度沉寂，無論文藝或綜合雜誌，數不上幾種。適合青少年看的刊物，更見缺乏。在中國政局大變動中，處於南方大門外的香港，無可避免承受了一些影響一些衝擊，《中國學生周報》就在這種微妙變化中產生。許多人把它視為「美援文化」的產物，視它為反共的宣傳工具，如果我們能細心客觀地翻閱這二十二年的周報，必能發現它在不斷求變、緊貼時代呼吸中，體驗了與香港青年人憂戚與共的獨特風格，假如其中含有「反共」意味，也是由於主持的人的信念，而不是由於「美援」。二十年來，它愈來愈執着在創刊詞中的承諾：〈負起時代的負任〉。

「我們不受任何黨派的干擾，不為任何政客所利用，……我們暢所欲言，以獨立自主的姿態，討論我們一切問題，從娛樂到藝術，從學識到文化，從思想到生活，都是我們研究和寫作的對象。」[九]主持人的確可以憑着熱愛文化、道德責任，來為中國文化探索出路，為香港青年人作文化的導航者。

《中國學生周報》是「友聯出版社」出版的刊物，二十多年來擔任各版編輯的人很多，例如徐東濱、黃崖、余英時、奚會璋、胡欣平、古梅、孫述宇、盛紫娟、陳特、胡菊人、劉耀權、劉貽奎、黃碩儒、陸離、吳平、何法端、張浚華、黃國超、也斯、李國威等等[一〇]，每一版，充滿了該版的特色，表現着不同編者的風格。

依着它的發展，可以分成許多時期，正如也斯說：「它的每個時期

九　創刊詞：〈負起時代的責任〉，《中國學生周報》，創刊號，一九五二年七月二十五日，第一版。

一〇　曾任周報總編輯及各版編輯的應不只這十多位，這裏提及的是據陸離的記憶。以後應深入探究，再作補訂。

有不同的優點和缺點。」一一但憑着每個時期編輯的努力，與讀者的認真投入，它的確負起了回應時代的責任。在這裏，我不能細論每一個時期的特色，也不可能兼及各版的發展情況，現在只說一個重要的分界，希望藉此說明這份刊物最大的特色。六十年代中葉，應該是個分水嶺。六十年代中葉以前，它的主要精神乃在發揚中華文化，闡釋民族大義、承繼三四十年代的文藝傳統，與讀者共同體認文化民族的血緣關係。六十年代初，由它引領的青年人開始成長，在傳統以外，更求了解吸納外來的文化，此時，周報的版面已很確定及豐富，有足夠求變的能力，中葉以後，面對社會的風雲驟變，本地青年人開始關心本地的一切問題，編輯以開放的態度，敏銳的觸覺，廣泛地面對及探討一切與香港有關的人與事，如果從這時候，叫做周報「本地化」時期，也不會錯的。當然，這個「本地化」，不是狹隘的地域思想，而是充份表現當地中西文化匯點所形成的特色。例如「電影圈」就從外國電影的評賞，發展到

一一　也斯〈四季、文林、周報詩之頁及其他〉，《文藝雜誌》，第七期，一九八三年九月，頁三六——三九。

作者自己動手拍實驗電影，「藝叢」就由中外古典音樂介紹到香港本地流行樂隊，文藝版幾乎全是本地作者的天下。它內容的多樣化、趣味與學識不缺，也是它能吸引性格愛好完全不同的讀者的主要因素。它也在那社會突變時期，提出了值得青年人探索的問題，例如：「香港是一條船，青年們能做些甚麼？」[二二]許多類似的專輯，都能引起讀者來稿的熱烈討論。從他們的文字裏，可以看見當時他們是怎樣的動了真感情來面對這些問題。

作為一個周報的老讀者，我最近重看了十多二十年來的周報，主要想找出它為甚麼會令那麼多讀者念念不忘。大概跟下面幾點很有關係：

一、編輯人多——周報除主編外，每版另有全權負責的編輯，據說全盛時期，編輯超過十人。而二十二年來，每版編輯也變換了許多，不同個性的編輯使內容色彩變化，一直給人新鮮的面貌，版面的活潑，也正合青年人口味。

二二　《中國學生周報》，一九六八年十二月六日。

二、園地的公開——六十年代中葉以後，特約稿很少，幾乎多是讀者的投稿，有時甚至一封來信，也會被編者鄭重其事的，加上親切按語刊出。園地公開，是它能培養那麼多作者的主要原因。

三、編者、讀者、作者之間的感情交流——這點相信應是周報最成功的地方。由於園地公開，往往出現了：由讀者變作者，由作者變編輯的情況。這種身份的改變，實在有助三者之間的了解及感情交流。特別有幾個編者的個性很突出，在所編版內充滿個人風格及感性文字，結果做成了一種現象，讀者與編者彷彿變得很親密，這就是具吸引力的原因。時至今日，仍有不少當年讀者，記得逢星期四下午，就會急不及待到報攤去問「周報來了沒有」的渴望情懷。一九七一年，周報經費出現困難，經陸離在報上訴苦，讀者發起的「救亡運動」，就出現讀者自費設計印製海報，及上街張貼的事情。這些例子，都足以證明讀者的歸屬感。另外，編者對作者的關懷，更叫作者十多年後，仍念念不忘。例如蓬草，就承認當年編輯吳平對她的指導及鼓勵，對她有極大的影響[一三]。又在「生活與思想」版及「大孩子信箱」版上，常見編者與讀者一同對某一個問題的爭論，爭辯的結果，就正是對問題的探討進了一步。在情與理交融下，它就發揮了導航的作用。

如果從最客觀的研究角度去看周報，它當然還有不足之處，但二十多年來，它成為香港許多青年人的導航者，卻不容否認的事實。沒有看過周報的青年一輩，可能認為逝去的周報只是一個神話，也許，這真是一個神話，但它真的存在過。

結語

三十年代四十年代，中國青年有《中學生》作導航，五十年代到七十年代，香港青年有《中國學生周報》作導航。八十年代，對香港來

一三　〈訪問蓬草〉，《星島晚報．大會堂》，一九八四年八月二十九日，頁十。

說，應該是一個重要關頭，這一代的青年，有甚麼作導航呢？我用這個問號，作為本文的結語。

後記

這篇演講稿，由於篇幅有限，不可能對兩份刊物深入及全面探討，只能概略敘評。加上個人對《中國學生周報》的感情較濃，說起來未免感性重了些，不是評論文字應有的態度。一直以來，在文章中提及周報的人很多，但總難免從感情方面着筆。加上事隔十多年，回憶中的事物，往往與實況有些距離，對周報較全面而又較理智地評介的文字不多，直到目前，只有羅卡的《中國學生周報的回顧》一文，是最詳細了。

《中國學生周報》，是有優點也有缺點，而對五十年代至七十年代初期的香港文化界，又有不可磨滅的影響，應屬香港文學的研究重點之一，可惜兩所大學的圖書館都沒有全套藏本。最近，「友聯出版社」林悅恆先生把該社所藏的《中國學生周報》送了給我保存，很感謝他。為了讓更多人能看到這份報紙，香港大學及中文大學的圖書館都願意把它製成顯微膠卷，以供館藏。但由於尚欠一九七二年至一九七四年的部份報紙，未算完整，因此，還得向各界求助。在此盼望，藏有這三年周報的讀者，能跟我聯繫，使周報全貌得以保留，好讓後人研究，那就功德無量了。

最後，還得提一提的是：與《中國學生周報》同時的還有一些刊物例如《青年樂園》，都是構成香港文學史的重要環節，我由於題目及材料所限，沒有提及，希望以後有研究者在這方面加以補足。

一九八五年七月於香港

補記：

現存於香港大學孔安道紀念圖書館的《中國學生周報》已算完整，所欠期數不多。又，阿濃寫了〈我與《青年樂園》〉刊於香港文學第一二四期（一九九五年四月一日），頁十——十二。

一九九六年四月修訂

重讀《中國學生周報》手記

重温舊夢

最近，又在圖書館把《中國學生周報》重讀了一遍，記憶、感情、歷史、客觀資料分析……混成一體，重溫舊夢，才知道歷來記得的只是舊夢的某一片段——某些片段突顯了，幾乎遮蓋舊夢的大部份，又或者幾個片段鏡頭，如蒙太奇式的剪接了，構成一個與原貌完全不同的「真相」。

舊夢，「不可靠」，但可愛也在此。

從小學到中學，從中學到大學，做小學生中學生大學生到當教師，自讀者身份到作者身份，讀周報，年限不算短，這個舊夢也夠長，正因夠長，忘掉的片段其實又很多，重溫的時候就有了全新的發現，那驚喜、那詫異、那熟悉、那陌生，種種滋味，眉梢心底，一言難盡。

二十多年來，伴隨我成長的一份刊物，它究竟是怎樣子的？在有些人口中——也是記憶中，它是一個樣子。在有些人口中——從來沒看過它，卻想當然地談論它的，又是一個樣子。在這次重讀中，我明白它更多一點點。

邊讀邊做了些筆記，也影印些資料，並不準備做甚麼學術論文，只是想讓舊夢全面些，踏實些。我已過了做夢的年齡，要踏實，才證明它曾經如此深影響過我。不能寫學術論文，因為筆下必然帶了不自知的感情，寫來怕又是神話一宗。

是神話，又如何？那一個民族沒有神話？那一個純真童年沒有相信過神話？民族成長就靠一個個祖先傳下的神話原型推動。我的成長，靠它的養份也很多，我認了，重讀它，我有了這認的勇氣。

過了做夢的年齡，卻到了回憶的年齡，對一份如此深影響過我的刊物，就讓我回憶吧！

神話？蠢話？

《中國學生周報》創刊那一年（一九五二年），我才讀小學四年級，懵懵懂懂的甚麼都不知道。年輕的校長剛從北京大學回來，接替了老校長工作，就開始要我們背誦許多白話文，也聘用了許多講國語的老師，走廊的壁報貼了許多剪報，其中就有《中國學生周報》。

可是，那些報紙上，說些甚麼，小學生並不理解，現在也一點記不起來。

會考後，升入金文泰中學，是所官立學校，一切顯得十分規矩：五十年代，政府防共恐共得十分厲害，學校沒有任何學生活動。記得初中三那年，班裏愛好文藝的同學組織了「毅青社」，辦了一個純文藝創作的壁報，全上了板面，仍因沒有老師肯簽字擔保內容「安全」，我們含淚把它拆下來。但現在想起來，卻奇怪校方怎會讓校工拿了《中國學生周報》，後來還有《青年樂園》到課室裏售賣？

由於我從小就愛看報紙，因此，每星期都會買。小息時，工友售報，如果我不在，他也會把報紙放在我的書桌上，容後收錢。我正式看周報，已經是一九五五年，錯過了錢穆、唐君毅、張丕介諸位老師為《周報》寫的文章，卻正迎上了司馬長風先生用秋貞理作筆名在「生活與思想」寫專欄。

在專欄裏，他談理想，談如何使人生接近合理，怎樣求真善美，甚麼是自由，怎樣發展精神生活……現在看起來，也許有人認為高調而空泛，但五十年代的中學生，需要的就是這些純化的理論。我們真的相信人生應有崇高的理想，要為真理獻身，要朝向中國文化，要堂堂正正的做個人。對於現在的年輕一代來說，這些我們相信過的話，不是神話，而是蠢話，難怪他們懷疑。

思考角度

五十年代，距今已四十年了，那時候，青年人的生活、思想、行為，在今天看來，實在不可思議，說好聽的叫做純，不好聽的叫做「蠢」。

生活匱乏，經濟不景，中學生懂得艱難，不埋怨、很知足。社會變化不大，我們就天天過日子。《中國學生周報》的內容，也朝着這種純化方向發展，從而加強了我們的生活信念，從純化角度思考問題。

周報在五十年代，曾有過一次討論，或者叫作聲討更合適些，就是「穿牛仔褲是飛仔」的問題。我印象特別深刻，因為班裏有個女同學，穿了牛仔褲，在街上給人碰見，一傳十，十傳百，在學校裏人人視她為飛女，累得她哭哭啼啼。九十年代，連阿公阿婆都可能穿牛仔褲的時代，能想像穿牛仔褲要聲討的日子嗎？五十年代，我們是相信的。

但到了六十年代末七十年代初，隨着時代社會變化，五十年代培養出來的作者編者已經成長，他們在純化基礎上，開展眼界，實踐了思考獨立的探索。那時候世界正面對青年反叛浪潮，阿飛又再成為社會關注的話題，《周報》為此，做了一個「青年問題」專輯，訪問了唐牟兩位老師。牟宗三老師從極寬宏層次談青年的反叛是「常道」，認為無須大驚小怪，也毫無辦法。那訪問很長，下一期就跟進了王淇的〈阿飛自白〉和〈從阿飛自白學到的並駁牟宗三先生的論點〉。王淇大概看不明白牟先生的訪問重點，誤解了說牟先生要對阿飛「勞改」。現在看來，這誤會也不重要了，可是我認為從這兩三期專輯，足可反映了《周報》的步伐是貼近社會變化，而刊出反駁牟先生的文章，也表示了開放、闊角度的討論態度，實踐五十年代培養出來的獨立思考理念。

美援？反共？

提起《中國學生周報》，許多人總會把它跟「美援(元)文化」、「反共」聯繫在一起。

當年，它如何接受美援，並非讀者作者知道的事，但作為讀者，從報上吸收的是些甚麼思想感情，卻值得注意。

重讀周報，反省自己究竟從那裏得到的是甚麼，就發現我長年汲取的是：文化中國的認知與感情，和對多元化世界的探求。

〈創刊詞〉中這麼說：「人類文明正面臨着空前的危機，中國文化已遭到徹底的破壞，我們這一代的青年學生面對着這股歷史的逆流，實在無法再緘默了。」負起時代責任，就是盼望「以獨立自主的姿態，討論我們的一切問題，從娛樂到藝術，從學識到文化，從思想到生活，都是我們研究和寫作的對象。……進而溝通中西文化，替未來的中國摸索出一條正確的出路來。」我們試核對二十多年來的周報，不難證實以上一段話不是徒托空言，歷任編輯正朝着這個方向逐步前進——前進得點迂迴，有更多的修正，特別是六十年代中葉以後，本地化的關懷增多，對中國和香港關係的探討等等，假如「美援」的作用是這樣的話，我不能理解這對美國有甚麼「好」處？

至於「反共」，五十年代初中葉，色彩相當明顯，流亡知識份子、學生筆下，國破家亡的控訴，說是政治的反動，不如說是個人遭遇的悲愴。秋貞理在「生活與思想」的專欄中，有着濃厚的家國之思，現在重看，他也有許多反共言論，但實在奇怪，我記得的，該說深受影響的，卻不是那些，而是他文中呈現的強烈中國文化、民族認同感，和對祖國河山的憶念，更重要的是他灌輸了民主、獨立思考、理想等等，官立中學沒有教給我的成長養份。

六十年代，甚麼流亡學生「我們的控訴」文字不再出現。如果嚴格說「反共」的文字，也不是沒有。例如一九六二年的「五月逃亡潮」，那一次中華民族的饑餓大逃亡，驚醒了香港市民。普通市民、大學生紛紛在粉嶺、沙頭角、梧桐山的土地上，在荷槍實彈的軍警戒備中，甘抗戒嚴令近距離地接濟了無數瀕臨死亡的同胞。我從梧桐寨村避過軍警直升機搜捕，帶着一疊同胞委託的尋人地址回到市區，剛巧就讀到周報封面頭條的〈血淚繪成的流亡圖〉，悲憤之情至今難忘。以後連續幾期的特寫和社論，都對引發這悲劇的「共產政權」指摘，但現在重讀，才發現文中，敘述香港市民的反應，對逃亡者悲憫之情，多於對政權的指摘。此外對香港政府、台灣政府、聯合國人權組織的指摘更多。

另外，一九六六年以後，對文化大革命的反應，周報也很強烈。從文化角度，關心備受破壞的傳統中國文化，甚至充份表現了香港人無能為力的悲哀。當然，也有「不敬」的手法：六十年代中葉，本地成長一代，開始顯現了用嘻笑怒罵的方式，表達自己既關心卻又無力的感覺，「快活谷」的作品，正好是這時期的「反共」典型。

六十年代末，蘇聯入侵布拉格，香港暴動兩件大事，周報仍站在人道立場表現反對聲音。可惜不知何故一九六七年下半年的周報欠缺，無法尋回對暴動期間的反應，看一九六八年上半年存報，可見都是站在香港民生與穩定的關注角度來反對暴亂。至於蘇軍坦克入侵布拉格，早在布拉格之春，我在周報首次知道捷克這個國家。一九六八年八月蘇軍入侵，周報在十一月就刊出了方圓、吳昊合譯的〈來自布拉格——一篇非「官方」報導〉，讓我們通過外國記者描繪，得悉那古老城市遭踐踏的情況。

十九年後，我踏足布拉格市中心和那老城廣場，忽然有極熟悉的感覺，怦然心動，當時不知道甚麼原因，今回重讀周報譯文，才曉得一切記憶竟來自那篇報道，十九年來如此深入肺腑。遠在東歐的陌生異國，對我這個香港人有何關係？如果那就是反蘇，或「反共」的意識作祟，我也無話可說。

儘管每年雙十節，周報都會以首版套紅作專輯紀念。青天白日滿地紅的國旗一年一度耀目，但說到台灣的話題，幾乎沒有。主題重點多在重溫中國革命歷史、孫中山的革命理論、如何建設未來中國、怎樣學習革命先烈犧牲一己性命，拋頭顱，灑熱血，使中國富強起來。一九六九年雙十特刊，胡菊人寫了「兩日無光」，文末說：「現在我們國家的象徵，都有兩個『日』，一個是紅的，一個是白的，都沒有陽光的溫暖。……」，這樣紀念雙十，恐怕不單只是「反共」，對中國國民黨，也不見得怎樣尊敬，但卻反映了香港人部份看法。同一版，古蒼梧〈中國將會變〉，以堅定而快樂的語調引述近代史教授的說法：「社會主義國家的統治也會變得更開放，更民主……你們這一代是幸福的，因為你們將會看到中國的變。那時你們都可以回老家去，都可以去登泰山、遊西湖。」然後說：「目前我們需要的只是一份忍耐而已。」假如，這些也叫「反共」言論，我也無話可說了。

我從周報獲得的不是甚麼「反共」意識，而是一種殖民地教育所欠缺的愛國精神。不是狹隘的愛國，不是時髦的愛國，而是深植於中國文化、中華民族的血脈關懷。對於生長於香港的青年一代如我，這種愛中國的理念，是多麼寶貴。一筆寫來「美元文化」一句評為「反共」，這連摸象的盲人都不如。

南來話語

一份具有二十多年歷史的報紙，沒有變化是不可能的事，問題卻在怎樣變、變得好不好。

周報的內容和編輯精神，顯然隨着不同的編輯有了極大變化。五十年代，一群從大陸流亡來港的文化人——如果自三十年代算起，他們已經是第三代的南來文化人了，帶着濃烈的反共意識，卻又深陷於人地生疏、生活困難、思念家國的苦惱折磨中，辦起報刊來。他們逃避共產政權而來，反共，是理所當然的，但更重要的，是他們來自大陸，對這個邊緣殖民地小島，深深感到它的文化淺薄，自覺或不自覺地要「負起時代責任」外，還要在這小島開闢一條出路：理想的中國文化出路。所以，他們談文化、談理想、談愛國愛民族，話題沉重而偉大。在感情宣洩方面，他們又恰恰相反的表現了軟弱無奈而瑣碎。讀五十年代的創作，一片海、夜、雨、故園憶念、新地貧窮苦悶聲中，彷彿昏睡人的夢囈。這種矛盾，當時讀者有沒有察覺，是一件值得思考的事。現在讀起來，這矛盾就很突顯。

在沉重與軟弱，堅持與無奈之間，我們這群香港青年讀者，究竟接受了甚麼訊息？配合五十年代的香港社會情況來考查，似乎我們在朦朦朧朧中照單全收。隨着周報的理論、文學作品慢慢滲入心脾。陌生而沉重的國家民族情懷，面對的現實世界，我們沒有故園家國之思，但開始探索人生的年齡不免苦悶，而五十年代的貧困匱乏，也足夠使我們隱約地感到無奈與軟弱。

在思想之外，讀者同時汲取了一些常見的文藝技巧，或者應該說風格或腔調。配合編輯的口味取捨，五十年代周報的青年投稿者風格，許多都幾乎同出一轍，都是南來話語。

變化

正如以往兩代南來文化人一樣，五十年代南來者對香港這都市並無好感，陌生與生活徬徨是原因之一，最重要還是他們的心與眼都不放在這小島上。

他們以過客身份，心繫故國，筆下偶爾提及這殖民地，都充滿荒涼陰暗，至於文藝文化，更不足觀。他們總是擁抱着回憶來跟現居地作種種比較，這個暫居地就更乏善足陳了。

五十年代，香港在戰後元氣未復，貧窮是一般人都得面對的。山邊和天台木屋、天台小學、童工、小販、苦力……貧苦大眾拖着艱難步伐活一天算一天，加上貪污行賄，本地人也不見得活得順意。周報在五十年代中，開設過「七十二行」新欄，讓各行業現身說法，一九五九年又設了「香港一日」的徵文比賽。得獎作品，年輕一代的本地作者，也從反映社會陰暗下筆。不知道是編輯角度選取如此，還是社會人心本就如此，總言之，五十年代的周報內容，提及香港的本來就不多，提及了也瀰漫着蒼涼愁苦，這算是寫實的結果吧？

不知道是社會現狀的確令年輕一代不滿，還是南來的文藝播種者發揮了影響力，這種對香港的憎惡感，一直纏糾着許多人的心，直到六十年代，才生變化。人們更在一場動亂中甦醒，重新檢視自己與香港的關係，和考慮自己的身份問題。這樣，他們筆下的香港，就另換新顏——香港社會實質也起了變化，經濟、秩序開始轉型，青年一代赫然發現自己與香港的依存關係，發現中國不再只是一個文化的存在，或詠歎對象，而是足以影響香港安危的實體。

五十年代南來人帶來的影響力，慢慢給本地人消化了，隨着時代變化，西方文化的進佔，六十年代，周報有了顯著的轉變。

由描繪祖國山河、故園風貌，轉到注目本土，周報內容的轉變，痕跡很鮮明。

編輯的轉換，讀者成長，漸漸成為作者創作的路向，就再不是周報創刊初期的意願所能左右了。

本地成長的作者，不能再跟南來的開拓者那樣，帶着朦朧喟嘆着「夜的海」、「故園葉落」。在汲取三四十年代文學精華之外，他們更受到西方文化潮流的衝擊、吸引，電影、音樂、美術、前衛的理論與技巧，五花八門，他們止不了腳步。外邊的社會也有許多與五十年代不同的變化，他們必須關注，因為這才是與自己關係最密切的題材。

一九六〇年七月二十八日，周報頭版專題是「未來的香港」，記者通過政府的城市發展藍圖，展示了新市鎮、住屋、交通等等的未來面目。文章末段這樣說：「幾年的時間並不算長，但幾年前的香港與今天的香港卻已變得面目全非，而幾年後的香港將改變了今天的香港面目，當然是意料中事，……我們拭目以待，靜看幾年後的香港蛻變吧！」拭目先看到的是：身處的香港現在如何，原來也有一個廣闊天地。

我試試借用一九六四年出現的三篇頭版文章，說明拭目後果：陸離〈廣告裏面做文章〉，從日常最熟悉的廣告，反映出一個商品勢力昂揚的都市面貌。陸離〈香港電影院巡禮〉，逐間戲院去數共有幾行座位，大堂門口的裝飾設計，乃至於食物部等等，完全是都市人消閒去處資料提供。華蓋〈彌敦道抒情〉，非常細緻地描畫了彌敦道的聲色，作者說那肉慾而瑰麗的面影，令他怦然心動。這都不是五十年代作者要寫或能寫的題材，鄉土文風褪色，屬於香港的都市文學開始形成了。

愛恨之間（一）

我說五十年代，本港年輕一代對香港有憎惡感，沒有任何統計數據，很不科學，但跟同齡人談起，果然都道年輕時候的確對香港沒有好感，理由不明。

唸中學，凡學校集會，首先要唱英國國歌，我們學生輩總把第一句改成：個個孭住個煲……大概貪玩，也不排除不敬的意識在作祟。加上政府一貫殖民地統治策略裏，沒有在意培養市民歸屬感，香港人長期浮游於身世不明的境況中，對中國、對香港的認知朦朦朧朧。直到一九六五年的銀行擠提、一九六六年天星小輪加價引發的騷動、一九六七年的暴動，一連串不安，驚醒了政府，更震動了年輕一代，我們無法逃避香港與自己的關係，香港究竟是個甚麼地方？我們該做些甚麼？我們是甚麼身份？……冰封已久的問題，忽然解凍。

一九六七年五月六日，新蒲崗發生工潮，引發往後差不多一年的暴動不安。五月二十五日，周報在亂聲中搬進新蒲崗四美街的利森工業大廈，與工潮原發地大有街不過一街之隔。這一搬，真具象徵性，命運注定周報要直面另一種社會環境，接觸另一類人生，香港，已經轟然衝到面前了。

「初次聽到我們的報要搬進新蒲崗，第一個聯想我想起杜子美的詩句：細柳新蒲為誰綠。遷進了之後，每天上班下班，進出在勞工大眾和軋軋機聲之間，再也記不起杜子美了，這時卻有另一種美，一種沉潛的，卻又如此慾望上升的美……我渴望進入那些高聳多層的工廠大廈，我渴望親近那些言語喧嘩工作勤懇的勞工。……」

以上是周報編輯畢靈（吳平）在〈新蒲崗人生觀〉的第一段話，全文洋溢着對香港勞苦大眾的理解與肯定，同時也真實地反映了香港青年一代睜開眼睛看社會後的惶惑和思維。

愛恨之間（二）

回頭再說理由不明的憎惡感。當一下子發現自己的生活，原來與香港呼吸張弛有那麼密切關係，就得重新調整對它的感情。

一九六八年一月，吳平在文藝版推出了〈香港風情〉專題。他寫了很長的編後記：〈香港風情引——代編後〉，他舉了兩篇作品為例，向讀者說明他所盼望的文藝創作是怎樣的，香港風情又該是甚麼題材。兩篇作品是：一九六六年西西的〈東城故事〉，一九六五年舒巷城的〈鯉魚門之霧〉。

吳平在該文開首，對自己作了一番剖白，我想正能說明五六十年代成長一代對香港的感情狀態：

「直到這時，我依舊不能使自己相信，一個在香港生活長大的人，能不對香港發生過一段憎惡的感情。……就我自己來說，我想我的憎惡大概已經過去了。我正在擔心，許是由於把那種憎惡的感情保持太長久了，有一種厭倦的感覺，正漸漸地蔓延在我體內，隱秘地、像黑行者逐漸快了的腳步那樣地不易被察覺。……我滿懷恐懼地注視這心內麻痺着的一塊癱瘓，我切望有勇氣把它揭掉。如果我能夠，請讓我更劇烈地憎惡這土地，若不，讓我看到你更多美麗之處，換過歡愉的眼神去熱愛於你。憎惡或是愛，總有它的是處，麻痺，這是我所畏懼的，卻甚麼都不是。我出了香港風情這個專題的題目，我盼望，我們的作者，都來把他對香港的愛、憎寫下，從個人的視點出發，深入地，把香港的現實從各種不同角度表現出來。『風情』二字，在此是『現實』的代名詞。……」

把視線投向現實的香港，感情就變得複雜了。香港究竟是一個怎樣的世界？我是甚麼人？一切愛恨，得從頭細數。周報也在不知不覺間轉移了它的步伐，也有了新的抉擇。

青年的抉擇

人口年輕化，自一九六七年暴動後，是一個突顯的問題。香港政府辦新潮舞會、社會福利署辦青年聚談會，視線投在那影響力可大可小的青年人身上，成為六十年代末期的非常關懷。

周報本來就是一份以青年人為對象的報刊，六十年代中葉，它連編輯也年輕化了，表現青年應有的敏感與衝動，是理所當然的。而同時，這群多由讀者、作者身份轉化而成編者的人，也承受着五十年代編者的理想，沿着關注中國、考慮自身的道徑向前行，他們考慮的問題，比上一輩要複雜些，面對社會的急劇轉型，青年有另一種徬徨。

一九六八年，周報舉辦了多次「青年議論會」，顯然與五十年代的通訊組的話劇、音樂、舞蹈等活動有了極大差別。多集中探討青年與社會、國家、世界的關係、青年自身的苦惱等課題。又闢了「我們年青的人物」一欄，一九七〇年更有一個相當龐大的「青年問題專輯」，請來三位大師：唐君毅、牟宗三、郭任遠談青年問題。他們在二十多年前所説的，今天重看，還是那麼「新」，那麼深遠，我實在驚訝他們的「預言」的準確，也對準了香港青年的徬徨。

一九七〇年一月，「香港華籍青年何去何從？個人？香港？中國？世界？」專輯的出現，是青年自覺地檢視個人歸屬身份的機會。從迷惘中，看出自己的尷尬處境，這是一次艱難的抉擇。原來，早在二十五年前，香港青年就在抉擇。看着一個個陌生名字：淩杞若、方琪、陳國華、呂崑、周魯逸、榕園……他們現在人到中年了，身在哪兒？還在香港某一角落，默默地為香港、中國做着該做的事呢？還是在天涯海角，尋找另一種歸屬？

關注社會

一九六七年的暴動，有如一口巨鐘，轟然驚醒了香港整個社會。原來社群生活，是憂慼相關的。青年一代在艱難抉擇中，同時看出了無數社會問題，也開始投身入世，越走越接近一種「毫無餘地的抉擇」了。（鍾玲玲〈七七，和，或者再見香港〉，一九七一年七月二十三日）

翻閱七十年代初的周報，頭版和專輯，社會性之強，是五十年代讀者夢想不到的。青年問題、社會福利、空氣污染、旺角土地利用調查、支持隧道工人罷工、香港勞資關係、從社會文化因素看青少年暴力行為、安定繁榮之下的香港社會危機、土瓜灣盲人輔導會的遭遇、從元州仔到三水角——記元州仔火災災民的遭遇、政府徙置危樓居民政策、油麻地避風塘艇戶事件……一連串民生難題，現在看來還是有血有肉。當年報刊、電台、電視對探究社會問題，沒有像今天的熱衷，屬於青年的刊物，卻如此投入，意義就更重大了。

我是個怕事而退避的人，當年許多如火的社會運動，都不敢參加。

現在翻閱着周報，一宗宗關懷社會、國家命運的事件：中文合法化運動、保釣運動、七七維園示威……熟悉的名字身影不斷在晃動，跟他們今天的名字身影重疊，我內心泛起陣陣羞愧，是他們，那麼早——二十多年前，就為這個社會獻身——為一個沉睡已久的殖民地，開拓新路，展開耳目，雖然在當時未獲全面肯定，也不知道歷史會如何寫他們，但畢竟他們是先行者。如果不是周報記錄了他們的艱辛，在阿婆阿伯也懂上街示威和爭取權益的今天，真不知道當日行路艱難。

周報的關注香港社會，是時勢使然？是編者讀者的自發？是一股必然的趨向力的互動？該是值得研究的課題。

本土化進程

《中國學生周報》的本土關懷，從何時何人開始？沒有一條清晰界線。社會在變化，人的來去與成長，都是互動因素，周報本身不僵化在甚麼規條中，自自然然就走向現實應走的道路。

由中國到本土，是越走越窄，還是越走越踏實？這留給後人評說。

周報的確在某些部份，顯示了這一特性——它同時又保留着其他特性，形成一種多元性格。現試用「生活與思想」版中，先後出現的三個專欄為例，說明由中國到本土的進程。

一九五四年開始，秋貞理(司馬長風)寫一種不闢欄的專欄文字，以中國知識份子角度，向青年人宣示國家民族意識，談愛國愛鄉，談理想、學問、文化、個人修養，成為當年許多香港青年學子的學習指標。一九六三年，何真(戴天)寫《教師手記》，就以作為香港教師的自身所思所感為主，往往從世界文化角度，檢視反省在中西文化交接中的香港教育處境。正因為這樣，他談的不再如秋貞理的傳統，卻用新的知識來檢視本土的差距，就引起了許多指摘與批評，何真認為這些謾罵正顯示了「他們的知識，大都關閉在一個特定的模式之中。」一九六九年，小思負責《路上談》，就把關注收得好窄，幾乎不再提及傳統文化，更沒有西方新知，焦點全集中在本土的青年人身上。關心的是他們生活面臨的困境，心理狀態，然後提供一些到皮不到肉的所謂解決辦法。內容針對當時的青年苦悶的問題，但又迴避了外面社會如火如荼的激烈行動，這種溫吞，表面是十分安全，實質卻另類箝制。

深信當時的作者、編者都沒有預先設定一條如此走的道路，現在卻清清楚楚看到歷史就是這樣發展，二十多年，變化面貌，誰也不能不認賬。

追源（一）

《中國學生周報》的多元性格，在不同的版面上，很清楚顯示出來。我連篇説周報本土化的當兒，心裏就打定主意，得趕緊接着寫周報怎樣同樣關心中國現代文學的情況。

新亞書院中文系沒開設現代文學課，引起我對現代文學注意的，就是周報「讀書研究」版上介紹的一連串陌生名字和作品。説來慚愧，沈從文、戴望舒、聞一多、卞之琳、王辛笛、姚雪垠……這些名字，我還是第一次在周報上看到。

一九六四年七月，周報推出了「五四、抗戰中國文藝新檢閱」專輯，開列了小說、詩集、戲劇的書目，更有許多文字介紹了現代文學的發展，正如編者所說：「……端木蕻良、穆時英、錢鍾書、無名氏……艾青、馮至……他們，還有其他許多的他們，都是在五四到抗戰期間躍出而現今已少為人知（甚至無名）的英雄。他們的聲名給『正統作家』們蓋過了，他們的作品被戰亂的烽火燒毀了。但是，他們對當代中國文藝的影響是永遠潛在的，他們的功績是不可磨滅的。……我們不敢說有甚麼新發現或新評價，只希望能夠提醒今日的讀者們：不要忘記從五四到抗戰到現在這一份血緣。」這個專輯幾乎是一冊濃縮了的現代文學史，我這樣說沒有誇大，六十年代，我們讀不到現代文學史——不是我們不想讀，而是在書店裏實在買不到。看介紹作品的文字，提及的作品，也沒法子買到，只好零篇斷簡地欣賞研讀，但無論怎樣，這專輯令盲於現代文學的我，大開眼界。此期英文版刊出崑南英譯王辛笛的詩兩首，附了原作，我們驚訝而歡喜，就出現了手抄《手掌集》的熱潮。（那時候做夢也沒想過有影印機這回事）一切對現代文學的認識，就自此始。

我們如渴者求水，只盼能多讀點作品，斷斷續續從周報上讀到的其實也不多，但總比從前好多了。

追　源（二）

一九七一年七月，周報刊出黃俊東的〈雲對霧鎖三四十年代文學長文，可以說是六十年代那專輯的延續與反省。這篇文章除了介紹評論一些鮮為人知的作家作品外，最重要部份在最後幾段，他提出了現代文學被忽視的原因，更提到香港出版界、教育界的缺失，慨嘆香港學者沒有研究三四十年代文學的勇氣和熱心，二十年前說這些話，真不簡單。文章引起回應，周報開始做「我國三四十年代文學寶藏的發掘工作」，八月開始了由黃俊東執筆的「三四十年代風」專欄，他藏書豐富，現代文學知識就在專欄裏流瀉出來，而坊間許多由年輕人辦的書店，也開始翻印了大量罕見作品，互相配合，發掘寶藏的工作，就做起來了。

七十年代初，文化大革命還如火如荼，台灣也把三四十年代現代文學視為禁區，孤懸海外的一個殖民地小島，卻有人自覺地為那些因種種原因給雲封霧鎖的現代文學，撥開雲霧。儘管資料不足，但仍努力而為，這是可貴的。刊物有沒有影響力，有沒有貢獻，要看編者、作者有沒有預見能力。開拓一條新路，艱難得很，這條路又經得起考驗，才叫後來人念念不忘。

細想六十至七十年代，周報在生活層面上，關注本土，在文藝層面上，又回顧中國，究竟有沒有矛盾呢？其實，周報其他版面，同時也介紹西方文藝、思潮，創作方面也大量刊出本地作者的作品，那要總括而論，就不太容易。正因如此，我才說周報多元化發展。不過，多元，仍守着一條脈絡……立足香港，面向世界，追源中國。

歷史與影響（一）

「力匡先生的時代，已經過去了。」一九六五年七月，陸離在「學生文運專輯」中寫了一篇〈文社紛立的隱因〉，裏面很冷靜地客觀地說了這些話。

播種的人自然不盼望：種子永遠是種子的樣子。大樹婆娑，有花有果，生命與姿態就應自成一格。一個時代的過去，是標誌了前進的腳步，沒有值得慨嘆的。

翻閱周報，不難注意到一些今天仍熟悉的名字。崑南，一九五二年得高中徵文比賽第九名，李英豪一九五七年得初中徵文比賽第三名，西西在五十年代末還是中學生……他們也在別的報刊上投稿，向着文藝創作挪移着腳步。且看幾年後這些腳步已經跑出了另外新路了：《詩朵》、《文藝新潮》、《新思潮》、新的寫作手法。崑南甚至在〈我的回顧〉(一九六五年)中，信心十足的說：「《文藝新潮》出現了，我認為，這才是香港文壇的一座永遠矗立不倒的里程碑。它的出現後，五四運動的『幽靈』不得不匿在一角，因為它帶領大家首次認識一九五〇年至一九五五年的世界文壇的面目，這是一個空白，由《文藝新潮》的拓墾者填補了。」這是新一代人衝破局限的方式，當然也包括失去文壇偶像的中學生紛紛組成文社，去顯示對文藝的熱誠。

社會情況急劇轉變，文化形式也不斷地改變，《中國學生周報》的發展，正好包容了文化發展的縮影。傳統與現代、新與舊、中國與香港、文學與新媒體……種種形式，在矛盾與距離的衝擊下，在毫無成見的編輯方針中，呈現在青年讀者面前，讓新一代人有了多種視野的選擇，以後的日子，他們就走向天大地大的前途。

在往後的香港文化層面，這些人發揮了不同的程度的效用，絕不是偶然的事。

歷史與影響（二）

多樣化的發展，適合多樣化的讀者口味，也培養了多樣化的人才。

至今仍為人津津樂道的，是當年周報的「電影版」。影評、電影分析，到後來拍攝的實踐，都充份表現周報的培植之功。早在一九六五年，陸離已經預言：「今天《中國學生周報》有一定影響力而又眾口皆碑者唯電影版足以當之。作為另一種偶像本報的影評勉強算是一個可以讓中學生們仰視的地方。」讀者在香港還只看荷里活片的時候，就知道了許多歐洲電影大師和作品，那麼早石琪就提出要成立電影資料館，為了一套電影，不同的影評在爭得面紅耳熱，然後有大影會等等，現在也不必細說了。

現在連小孩子也玩膩了的小狗史諾皮，牠最早是隨「花生」群在一九六一年出現周報上。「音樂版」既介紹古典西洋音樂，也推介披頭四。一九七一年，周報已出了「電腦在香港」小輯。「快活谷」在張隨、陸離手中，由轉載《瘋狂》雜誌，到少雅、劉天賜的出現，已經成了讀者念念不忘的個性。

一份「反共」周報，在一九七〇年就刊出了胡志明獄中詩，一九七一年號召香港青年進工廠體驗生活，又出版了紀念「七七」示威特刊，這是何種面貌？

陸離與吳仲賢不同「政見」的對話，刊出讀者罵她暮氣沉沉的來信，也刊出劉天賜罵她「太情緒化去做任何一件事」、罵她編輯不用心等等的信，這是何種胸襟？

雜誌報刊要具影響力，必須在編輯方針上，既有預見而無成見。也許，當年周報編輯們並沒有設想得如我所說的那麼周全，也不是那麼「偉大」，但他們的確比許多讀者走先了幾步，就那麼樣做了今天如神話般的事實。

它已成歷史，但影響力不能抹殺！

去矣

周報讀者一天一天長大、成熟，各自走向不同的道路，逐漸，與周報的距離越來越遠。

七十年代，社會急劇變化，老讀者到了外邊世界經風經雨，回過頭來，就特別覺得周報的步伐慢了。孩子長大，總覺母親千般不順眼，特別對於本來屬於「優點」的個性，成年後就認為是「缺點」了。

一九七〇年劉天賜給陸離的一封信，就強烈批評了陸離做事太情緒化，也說出了「我們長大了，見的事自然多，想的東西亦自然較深入。……當我還唸F1、F2的時候，她帶給我很多知識(如電影版)，啟發我不少思想能力(如生活與思想版)，帶給我不少瘋狂的笑聲(快活谷版)，但現在，我需要的不再是單純這些了。……周報的水準和對象，我毫無理由要求她跟着某一時期讀者的年齡而進步，而長大。……」這種處境，周報真是舉步維艱。此外，還有部份讀者深受當時流行的認中關社意識影響，對周報編者太重個人感情，大不以為然。再加上人手短缺，只有兩個編輯「一腳踢」，有讀者就認為編輯「懶惰」而不加體諒，編者承受的壓力也越來越大。

當然，還有一批還未成長的讀者，他們就像那些已「老去」的讀者未「老」的時候一般，成為「周報迷」，每星期去報攤等周報「出爐」、寫十分熱情的讀者來函，後來更為「救亡」而上街貼海報，但一切都屬少數，因為七十年代，香港社會，實在太多吸引力：享受消費、挑戰批判、認中關社……青年人不再只滿足於一份文字資訊的刊物，他們早已邁開大步，向四方水銀瀉地。

曾經有熱心者採取不同方式努力「救亡」，畢竟，時代轉變，友聯出版社收縮，編輯意興闌珊等等因素，一切已成定局，周報去矣！

完 結

各版編輯性格的顯現，是《中國學生周報》留給讀者最深刻的印象。通過版面呈現、通信交流，周報讀者與編者有着不必見面，卻十分熟知的親密感情——這是日後老去讀者都有的回憶。胡菊人的憂民傷國、陳特、羅卡的冷靜理性、陸離的熱烈癡迷、吳平的投入關懷、張隨的靜態幽默……本地成長的年輕編者，六十年代中葉以後，以文字處理方法，與年輕讀者作者交往，影響力很深遠。

蓬草、綠騎士在回憶中，總不忘提及吳平怎樣在信裏細意指導，我更感謝在寫第一二個專欄時，陳特、羅卡的嚴謹要求，還有吳平退稿附信的提示說明，一切對初學寫作的人，都是珍貴的。

編輯應不應該在版面上，突顯自己的個性？我沒有研究，不能在學理方面作批評，但在感情方面，他們卻成功地吸引着不同的讀者。「吸引力」，實在重要。擁有一群知己知彼，每周非買非讀周報不可的人，然後吸引他們自己動筆寫，動手出版自己的報刊，日後走出不同的面貌、道路來，這就是他們念念不忘的原因——儘管他們已經與周報截然不同了。

個性突顯，就突現了「人」。

在版面文字中，顯現了人情人性，讀者接受了許多不同人的訊息，又回應過去，成了人的交流。那已經不再只是知識、冷資訊的傳遞，而是性情傳遞。性情有強有弱，有冷有熱，讀者各取所需，時刻與周報憂戚相關，苦樂與共，關係就建立起來了。這樣的關係好不好？依賴了「人」會不會危險？講究理性、人權獨立、事事訴於法制的人自有一套理論。但事過境遷，今天看來，周報這種個性，又沒有甚麼不好，也不見危險。老去的讀者，各自走上應走的路，無論怎樣，周報，算是功成身退。

散文心事——附錄

金梅先生：

您我以文學結緣於千里之外，真有點意想不到。謝謝您細意讀了我的作品，並寫了那麼詳細深入的分析，更謝謝您的批評和鼓勵。

我一向認為周作人和郁達夫對散文的特徵，有精確的說法。周作人認為散文「興盛必須在王綱解紐的時代」。郁達夫則強調作家「個性的表現」，驗證於香港的散文，更佩服兩位前輩的見解。

香港，是個外人不易理解的地方。許多人都知道它是國際金融貿易中心，高度的現代商業城市，四方人士雜處——所謂中西文化交流。在英國殖民地政府長久的管治下，具有某種程度的放任自由——政府為了發展經濟，就必然有較放任的自由貿易政策，跟着就有了其他各種自由。別的不談，就談文藝吧！百多年來，英國人對香港的文藝發展方向，從不關心，也不理會。說好聽點是自由發展，刻薄點說是由它自生自滅，正因為有了這種背景，香港文藝一直處於「王綱解紐」的情勢中。加上香港報紙多達六十多家，為寫作人提供了作品刊登機會。此外，香港是個多元化社會，資訊發達，讀者往往通過報刊獲取都市人急需的資訊，報刊也為爭取讀者而發展副刊版面，在這種情況下，「散文」形式，最符合需要，因此，香港報刊的專欄多，也就是說寫散文的人最多。由於讀者需要多元化資訊，所以在報上開專欄的人，不一定是專業作家——在香港專業作家不多，靠稿費難以維生。他們從事各行各業：行政人員、商人、教師、廣告從業員、律師、演藝界……都從他們的生活層面出發，寫他們的專業經驗、所思所感。由於沒有任何管制（只要不犯誹謗法），文章可以說是個性生活大展現。一版之內，二十個專欄，二十種個性，二十種行業對某些問題的獨特看法，這才能滿足讀者的需要。我如此先說了大堆背景資料，主要是讓您知道我的生長土壤、空氣與養份。也希望您理解，在香港，流行文學與嚴肅文學的分界很困難。看樣子，讀者需要決定版面需要，而讀者需要的多是資訊或消閒的東西，嚴肅文學太傷腦筋，不受群眾歡迎，它就只能求存於流行文字的隙縫中——著名的作家，也是香港著名副刊編輯：劉以鬯先生就以「擠」的（或稱「夾帶」）方式，在報紙副刊版面裏，在流行文學隊伍中，刊登了無數嚴肅作品，幾十年來，培養了不少好作家。這種局勢，很奇異，卻十分真實地描繪了香港文壇的面貌。

說到我自己，嚴格來說，我不算是作家，一方面我寫得很少，十多年來，與六個朋友合寫了一個專欄，每星期只寫一篇。另一方面，我的取材也沒有多大資訊性，不是一般讀者所喜讀的。加上我很自覺教師的身份，寫起來過份執着於修辭造句，失去一種藝術的瀟灑。更非一般讀者喜愛的那種「有話直說，不要傷人腦筋」風格。如果說在香港，我還有一些讀者，那是因為我的教師身份，特別是早年所寫的《路上談》，對學生還有點針對性，立論也較平穩——用你們的話說，就是對思想指導有點幫助，所以中學教師較安心讓學生讀。近十年，我寫作題材已超越了中學生所能或所需理解範圍，那恐怕就連這部份的讀者也失去了。

說了許多話，我可以回應了您對我的作品的看法。您說我的散文「不拘一格，不執一體」，那就是適應社會及讀者需要的結果，同時也是生長在香港這多元化社會的我的性情反映。至於我的文章寫得很短，「多數篇章在千字以內，有的僅僅三四百字。」這也為了滿足香港報刊專欄的要求，一版分成十多二十個專欄，有些字數只得一二百。香港讀者生活節奏急，沒有耐性看長文章，編輯策略就很有針對性了。長期為報刊寫專欄，養成寫短文章的習慣，我只努力做到：利用短小篇幅，說點自以為深刻的人生道理。我想通過一些尋常事物，或人人可見的社會現象，說一些較深沉的人生哲理，是因為我依然深信文學所具有的社會功能，同時，無法忘記自己那重教師身份。況且，我不必像其他作家一般要天天寫一或多個專欄，故在取材下筆之際，總可以慎重考慮。您稱許我有「精粹典雅的詩一般的語言」，我愧不敢當，但假如我寫來果然有一點點「詩的語言」的特點，那是因為四年大學中文系的訓練結果。在唐宋八家文、唐詩、宋詞的浸淫中，我對中國典雅文學韻致，已有了血脈相連的默認。但也正因這樣，一般香港讀者並不會喜歡我的作品，都市現代人，接受不到詩的蘊藉訊息，又是理所當然的事。您來信又說不知道我「是不是深入地研究過老莊哲學，並受其影響。」我在大學時，副修的是哲學，選修了牟宗三先生的「道家哲學」，至於有沒有受其影響，我倒不大清楚，因為我同時修了唐君毅先生的「儒家哲學」，而本質上，我傾向儒家入世務實的精神。由於您提起在我的作品中，明顯地感受到了老莊哲學的存在，又說：「老莊是主張天人合一，人道歸於天道的。您的作品，善於用自然界的規律去表達人生哲理，這也是在把天道與人道統一起來。」這不禁叫我重新對自己的思想作了分析。的確，在許多作品裏，我每每以天地自然與人的關係為念，但我想這恐怕不一定受了老莊哲學的影響。郁達夫在《中國新文學大系·散文二集·序言》中，提到「現代散文的第三個特徵，是人性，社會性，與大自然的調和。……作者處處不忘自我，也處處不忘自然與社會。」正中肯地展示了現代中國民族所關注的問題，而我卻在不自覺中承傳了這種特徵。「一粒沙裏見世界，半瓣花上説人情」，是我誠心向往的寫作態度，能不能達至，我倒不敢奢望。

最後，我想提一提我作品的缺點，其中最重要的有兩方面：第一，我是廣東人，香港日常通用語言是廣州話。（嚴格來説應該是香港話，因為港式方言與廣州話有差異。）每當我寫作時，必須先把腦中廣州話，「譯」成白話文，於是寫成的往往帶着港味的白話文詞。我這寫法，卻又不一定得到香港一般讀者接受，因為許多香港作家，特別是流行文學的作家，他們喜歡採用白話、粵語、夾帶着英語的方式成文，這種文體的確十分傳神地反映了香港人的語言習慣，讀者讀來感到親切，也易引起共鳴。我很吃力，仍堅持用較純正的白話文寫作，為的是：一向不主張方言入文，恐怕方言會帶來許多隔閡，減弱文學的溝通人際關係效能。第二個缺點，那問題更嚴重了，許多香港讀者認為我的取材沒有香港特色，也不像許多香港作家筆下，對港事港情有及時的反映。説人生哲理、説民族感情，太抽象太遙遠了。他們無法在大都市生活的匆匆步履中；慢慢品味那些似乎與生活無關的東西，也許您不易明白，在分秒必爭的香港生活裡，哲理、詩情都是奢侈品。在這一點上，我實在不太像香港人。但可悲的是當我寫中國情懷的時候，其實也很抽象。香港土生土長的我，一切中國感情，來自書本。唐詩宋詞、歷史文化，都只不過遙遠而飄忽的紙面接觸。一旦我面對真實的中國——大地、人民、政治、文化……的時候，竟驚覺有太多的陌生感，發現原來自己抓住的並不是有血有肉的民族實體，我徬徨恐懼，連一點點的自信都失落了。怎麼辦？在香港人眼中，我不太像香港人，在大陸人眼中，我又不像大陸人，這種尷尬身份，令我處於兩難境地。

這是我第一次向人談及自己的作品，也許很亂，也許還不夠詳細深入，但仍然希望讓您了解多一些我在香港寫作的處境和心境，至於能不能較客觀地反映香港文學的狀況，我想我已盡力而為，不過相信仍不夠全面和深入，以後有機會再談。匆匆！祝

文安

小思　一九九一年七月七日於香港